Cover illustration: Tsubasa Myohjin

Cocktail Kiss Label

異世界の後宮に間違って召喚されたけど、なぜか溺愛されてます!

伊郷ルウ
Ruh Igou

この物語はフィクションであり、実在の人物・
団体・事件等とは、いっさい関係ありません。

Contents

イラスト・明神 翼

異世界の後宮に間違って召喚されたけど、なぜか溺愛されてます!

第一章

静寂に包まれた大学の図書館で、設楽遼河《したらりょうが》は書棚の最上段に目を凝らしている。

この春に大学四年生となり、順調にいけばあと一年で卒業だ。

けれど、細身で可愛らしい顔立ちをしているせいか、シンプルな長袖の白いコットンシャツに淡いブルーのデニムパンツを合わせ、帆布《はんぷ》のショルダーバッグを肩から斜めがけにした姿からは少年のような雰囲気が漂っている。

「あれだ……」

ようやく目当ての書籍を見つけ、安堵の笑みを浮かべた。

遼河が専攻しているのは東洋史学で、中国史の研究者を目指している。

中国の歴史に興味を持ったのは、三国志がなによりも好きな父親の影響が大きい。

時間さえあれば三国志の小説を読みふけり、中国の歴史を題材にしたドラマや映画を観ている父親をそばで見ていて、自然と遼河も興味を持つようになったのだ。

息子がいろいろ訊いてくるのが嬉しかったのか、父親は三国志の漫画を買ってくれた。

小学三年生のころのことだが、それがきっかけで遼河は中国の歴史にのめり込んでいった。

父親は単純に三国志のファンだったのだが、遼河は中国の歴史そのものに強く惹かれ、中学生になると独学で中国語を勉強し始めた。

歴史書を読み漁るうちに、何冊かの書物にひどく感銘を受けた。

奇《く》しくもそれらの著者は同じで、地方の大学で教鞭を執る教授だった。

中国史を学べる大学はいくらでもあったけれど、遼河は尊敬する教授がいる一校のみを受験し、幸いなことに現役で合格することができた。

東京から遠く離れた地方の大学ということもあり、両親の負担を少しでも減らすべくアルバイトをしながら勉学に勤しむ毎日だ。

「届くかな……」

目当ての書物を見上げたまま片手を伸ばし、思いきりつま先立ちになる。

ようやく書物の背を掴んだところで、不意に横から手が伸びてきた。

「えっ？」

人の気配をまったく感じていなかった遼河は、驚きのあまり手を伸ばしたまま固まる。

「ごめんなさい……その本……」

申し訳なさそうな声をもらした主は、長袖のブラウスに長いフレアスカートを合わせた、見知らぬ小柄な女性だった。

年齢的には遼河とあまり変わらない感じで、中国史に関する書物を探していたということは、同じ学部の学生だろうか。

「もしかしてこの本を？」

「ええ、でも大丈夫です……」

書棚から抜き取った書物を見せると、彼女は小さくうなずいたもののすぐ控えめに笑って首を横に振った。

どうやら彼女も同じ書物を探していたようだ。

書物に先に触れたのは遼河ではあるけれど、ほぼ同時に彼女も手を伸ばしてきた。

どうしてもいますぐ読む必要があるわけでもなく、ここは彼女に譲るべきだろうと書物を差し出す。

「僕は急いでいないので、どうぞ」

「いえ、本当に大丈夫です。私も急いでいるわけではないので」

「でも……」

「お先にどうぞ」

互いに困り顔で、どうぞ、どうぞと譲り合う。

「僕は来週でもべつに……」

埒《らち》があきそうになく、彼女に書物を押しつけようとしたら、手を引っ込められてしまった。

行き場をなくした書物が派手な音を立てて床に落ちる。

「あっ！」

大学図書館の蔵書は貴重なものが多い。

譲り合っていた書物は古いもので、すでに絶版になっている。

落としてしまったことを悔やみつつすぐさましゃがみ込んだ遼河は、床にあたった拍子に開いてしまった書物に手を伸ばす。

「えっ？　なに？」

突如、得体の知れない力によって、遼河の身体がグイッと引き寄せられる。

「ちょっ……」

なにごとかと目を瞠《みは》った瞬間、暗闇に飲み込まれてしまった。

＊＊＊＊＊

「うーん……」

遼河は背中に感じる冷たさに、ゆっくりと目を開ける。

横たわっているようだが、自分のベッドでないことは確かだ。

ベッドがこれほど硬く、ひんやりとしているわけがない。

疑念を抱きつつ身体を起こし、ぼんやりとしている目を何度か擦《こす》る。

「どこ？」

瞳に映る見たこともない光景に首を傾げた。

とてつもなく天井が高く、窓ひとつない壁に囲まれた巨大な建物の中にいる。

あたりは薄暗い。

豪奢な金色の燭台《しょくだい》が幾つかあり、立てられた蝋燭《ろうそく》に火が灯されているだけだ。

それでもあたりを観察することくらいはできた。

室内を彩る装飾品には見覚えがある。

中国の歴史ドラマや映画で幾度となく目にしてきた、絢爛《けんらん》豪華な中華風の装飾が至る所に施されているのだ。

「どういうこと……」

不安を覚えつつも、さらに目線を移してみる。

すると、中華風の衣裳を纏《まと》った五人の男が顔を突き合わせるようにしてなにやら話し込んでいた。

ときおり聞こえてくる言葉は、あきらかに日本語と異なる。

中国語のようにも聞こえるが、遼河が知っている中国語とは少し違った。

煌びやかな装飾品や衣裳から、唐の時代を模したのだろうと察せられる。

まるで、ドラマか映画の撮影現場にでも迷い込んでしまったかのようだ。

「夢？」

思わず自分の頬を抓《つね》ってみる。

「つっ……」

頬に感じたのは強い痛み。

それでも信じられなくて、今度は腿《もも》を力任せに抓ってみた。

「っ！」

後悔するほどの痛みに顔が歪む。

どうやら夢の中にいるわけではなさそうだ。

「夢じゃないなら……ここは……」

とにかく自分がいる場所を把握したいという思いから、遼河は勇気を振り絞って立ち上がり、男たちに向けて声を放つ。

「すみません、ここはどこですか？」

その声にハッとしたように男たちが視線を向けてくる。

「おぉ……楓花《ふうか》さま、目覚められたか」

ひとりが大袈裟な声をあげたかと思うと、男たちが駆け寄ってきた。

「ふうか？」

自分を取り囲んだ男たちを、解せない顔つきで見つめる。

声をあげたのは年配の男で、残る四人は二十歳くらいの青年だ。

年配の男は黒ずくめで、腰まで伸びた長い髪を垂らしたままにしている。

青年たちは濃い鼠色《すみいろ》の衣を纏い、髪を後ろでひとつに束ねていた。

襟を前で重ね合わせた丈の長い衣の形は、日本の着物によく似ている。

けれど、緩く巻いた帯は装飾品でしかなく、裾はゆったりとしていて、着物の袂《たもと》と異なり袖口がラッパ状に大きく広がっていた。

「聖弦《せいげん》皇帝の皇后であらせられる楓花さま」

年配の男が声を響かせたのを合図に、いっせいに男たちが遼河にひれ伏した。

あまりにも突然のことに、遼河は思わず息を呑む。

と同時に疑念が脳裏を過《よぎ》る。

なにも考えず日本語で話しかけたのに、彼らに通じた。

そして、遼河は男が発した言葉が理解できた。

いったい彼らは何者で、ここはどこで、なにが起きているというのだろうか。

「楓花さま、よくぞご無事で……」

「ちょっと待ってくれませんか？　僕はシタラ・リョウガという名前で、ふうかじゃありません」

頭をもたげた年配の男を遮るように言い放ち、遼河は神妙な面持ちで見つめた。

彼は自分を誰かと間違えているようだ。

（ふうかって女の人の名前っぽいけど……皇帝とか皇后とか……）

わからないことばかりで、不安が募ってくる。

自分の身になにが起きているのかさっぱりわからない。

いったい、どうやってここに来たのだろうか。

まったく記憶にない。

大学の図書館で、女性と書物の譲り合いをしたことは覚えている。

けれど、そのあたりで記憶が飛んでしまっているのだ。

そういえば、肩に掛けていたはずのショルダーバッグがない。

男たちの誰かが奪ったのだろうか。

「楓花さまではない？」

年配の男が眉根を寄せる。

次々に頭をもたげた青年たちは、困惑も露《あら》わに顔を見合わせた。

「そう、僕はシタラ・リョウガ。それで、ここはどこなんですか？　皇帝とか皇后とか意味不明なんですけど」

落ち着くよう自らに言い聞かせつつ訊ねた遼河は、大袈裟に肩をすくめてみせる。

不安を感じてしまうのは、現状が理解できないでいるからだ。

「リョウガさま……実は……」

意を決したようにようやく口を開いた年配の男が、大きくひとつ息を吐き出す。

部屋の造りも、纏っている衣裳も、発する言葉も、あまりにも芝居がかっている。

けれど、ドラマなどの撮影現場にしてはスタッフの姿もないし、なにより漂う雰囲気が重々しい。

さまざまな疑問を解決するには、彼の話に耳を傾けるしかなさそうだった。

「我々は運命の女性である楓花さまを、富弦国《ふげんこく》の五代皇帝、聖弦さまの皇后にすべく召喚したのですが、なぜか貴方がこちらの世界に来てしまったようで……」

「ふげん国？　五代皇帝？　召喚？」

遼河はぽかんと口を開けて瞬きを繰り返す。

彼が口にした国と皇帝の名前は、遼河の知る限り中国の歴史上に登場しない。

なによりの驚きは「召喚」という言葉だ。

「楓花さまは我々が長いときをかけて、ようやく見つけ出した聖弦皇帝陛下の運命の皇后でして……それなのに、どこで間違ってしまったのか、リョウガさまが……」

言葉を紡ぐ年配の男性の顔には、あきらかな焦りの色が見て取れる。

彼の言ったことが事実だとしたら、自分は異世界に呼ばれてしまったということになる。

中国に関連しているものはどんなものでも興味があるので、異世界を舞台にした中華風のライトノベルも読むし、アニメも観る。

とはいえ、それらは創作物と割りきって楽しんできただけで、本当に異世界があるなんて考えたこともない。

女性と間違って異世界に召喚されてしまったと言われたところで、現実にはあり得ないことだけににわかには信じがたく、混乱していくばかりだ。

「いったい、どうしてこんなことに……」

年配の男は困り果てたように首を左右に振る。

彼が迫真の演技をしているようには見えないし、冗談を言って自分をからかっているようにも見えない。

まさか、本当に人違いで異世界に召喚されてしまったのだろうか。

そんなことはあり得ないと、頭では思っている。

けれど、彼と言葉を交わしているのは現実に起きていることだから混乱するのだ。

それも、あきらかに異なる言語でありながら、互いに理解し合えているという事実に、現状を否定できなくなってきている。

（あっ……）

大学の図書館での出来事が、ふと脳裏に蘇ってきた。

落とした書物に手を伸ばしたとき、急に見えない力で身体が引っ張られた。

まるで書物の中へと吸い込まれるような感覚。

本来、召喚されるべきは同じ書物に手を伸ばしたあの女性だったのではないだろうか。

「ま……間違えたなら僕を元の世界に戻して、そのふうかさんとやらを改めて召喚すればいいじゃないですか」

遼河は思いつきで提案してみた。

そもそも間違ってここに来てしまったのであれば、帰ればよいだけのこと。

彼らの目的はあの女性なのだろうから、改めて召喚なりなんなりすればいいのだ。

「召喚の術を使えるのは、特別な星が現れる日に限られるのです」

「召喚の術？」

「私は富弦国の皇帝のために、さまざまなことを占う星読みの北斗《ほくと》と申します」

年配の男が自ら名乗って軽く頭を下げる。

（星読み……）

古代中国の皇帝の多くは、あらゆることにおいて占い師を頼った。

星を正確に読み解ける占い師は少なく、皇帝からも特別な扱いを受けていた。

占い師が行うさまざまな術を、まことしやかに紹介している書物もあるし、映画、ドラマ、アニメなどではよく題材として扱われている。

フィクションだと思っていたし、北斗と名乗った星読みが本当に術を行える占い師かどうかも疑わしい。

とはいえ、あの書物を通じて大学の図書館から、この場所へと移動したことは事実のようだから、否定できないところがあるのも確かだ。

これらの出来事が事実ならば、遼河は突如、大学の図書館から姿を消したことになる。学生が行方不明になったのだから、大学も大騒ぎになっているかもしれない。さっさと元の世界に戻してもらうよう断固、交渉すべきだ。

（あっ……でも……）

素朴な疑問が脳裏に浮かぶ。

「召喚の術って言ったけど、僕を元の世界に戻す術もあるってことだよね？」

「は、はい……それはもちろん」

遼河の問いかけに、北斗は静かにうなずいた。

とりあえず、戻る方法があるようだとわかって安堵する。

「で、次に特別な星が現れるのっていつなの？」

「占ってみなければなんとも……」

「それじゃあ困るよ」

遼河はむすっと頬を膨らませる。

最初は見知らぬ男に対して丁寧だった口調も、次第に砕けたものに変わっていった。迷惑を被った身としては、言葉に気を遣っていられるかといったところだ。

「申し訳ありませんが、次に星が現れるまでのあいだ、女官の振りをして過ごしてもらえないでしょうか？」

「なんで女官なわけ？」

突飛な提案をしてきた北斗を、遼河は訝《いぶか》しげに見返す。

「城内には宦官《かんがん》しかおらず、みな顔を知られていますから、若い男がうろうろしていたらすぐに捕まってしまいます。女官は出入りが多く、顔も名も知れぬ者も多くおりますので、ひとり増えたところで誰にも怪しまれません」

「えっ？　ここって皇帝が暮らしてるお城の中なの？」

いまさらながらに驚いてしまう。

けれど、少し考えればわかることだった。

皇帝お抱えの占い師は城内に宮を与えられ、そこで日々、占いに勤しんでいるのだから。

「はい、聖弦皇帝が御座《おわ》す〈黄龍城《おうりゅうじょう》〉でございます」

「だからって、女性の振りをするのは……」

なんだか、とんでもないことになってきている。

北斗の言うことはもっともだと理解できるから、反論の余地がない。

皇帝が暮らす城の中でときを待つには、女性の姿をしているほうが安全なのは確かだろうが、そう長くは誤魔化せない気がした。

「本当に特別な星の日じゃないとダメなの？」

「はい」

しっかりとした口調で北斗にうなずかれ、遼河は胸の内で大きなため息をつく。

ここで頼れるのは彼しかいない。

一刻も早く元の世界に戻りたい気持ちはあるけれど、とにかくいまは彼の言うことに従うしかなさそうだ。

「わかった」

渋々ながら返事をした遼河は、あらためて大きなため息をもらしていた。

＊＊＊＊＊

北斗の弟子だと名乗る青年たちの手を借り、遼河は女官の衣裳を身に纏った。

衣裳は薄い生地で仕立てられているけれど、露出がきわめて少なく、足下まですっぽりと覆われている。

襦袢《じゅばん》のような形の衣を重ね着し、腰に細い帯を巻き、最後に長いベストのような袖なしの上着を羽織った。

生地がたっぷり使われていて、歩くだけで裾がひらひらと揺れるものの、一番下にズボンと同じ形状の薄い下着を穿《は》いているから、仮に捲《めく》れ上がったとしても不安はなさそうだ。

それにしても、あまりにも衣裳が軽くて、なんとも心許ない。

「もう……」

女官に化けたものの行く当てのない遼河は、さりげなくあたりを見回す。

しかたなくではあるけれど、女官の衣裳を纏い、北斗の宮から出て外を目の当たりにしたことで、異世界にいるのだと実感した。

元の世界に戻るには、北斗の言う特別な星の日が巡ってくるのを、女官として過ごしながら待つしかないということだ。

とはいえ、北斗はどこでなにをすればいいか、それすら教えてくれなかったのだから途方に暮れる。

いきなり女性の衣裳を着せられて城内に放り出され、右も左もわからないから泣きたい気分だった。

「ちょっと、あなた新入り？」

呆然としていた遼河は、背後からかけられた声にハッと我に返る。

「は、はい……」

恐る恐る振り返ってみると、同じ衣裳を身に纏った若くて小柄な女官がすぐ後ろに立っていた。

携えた籠にはたくさんの野菜が入っていて、かなりの重さがありそうだ。

「手が足りないのよ、手伝ってくれない？」

親しげに話しかけてきた女官が、額にうっすらと滲む汗を片手で拭う。

結い上げた黒髪に、小花をあしらった髪飾りを挿している。

遼河は一瞬、躊躇《ためら》ったものの、愛想のいい顔立ちに親近感を覚え、素直にうなずき返す。

「はい」

返事をすると同時に彼女の手から籠を取り上げると、驚いたように見上げてきた。

「ありがとう。私はメイメイよ、リン・メイメイ」

にこやかに名乗った彼女は、遼河とさほど年齢が違わないように見受けられる。

気さくに声をかけてきた彼女とは仲良くなれそうだ。

「ぼ……わ、私はリョウガ、設《せつ》・リョウガ。今日から働くことになってわからないことばかりなので、よろしくお願いします」

疑念を抱かれないよう、咄嗟に名字を中国風に変えて名乗った。

遼河はそのままでも大丈夫そうだと思ったのだが、気になってメイメイの表情をさりげなく窺う。

「リョウガね。さあ、昼餉《ひるげ》に間に合わなくなってしまうから急ぎましょう」

腰に軽く手を添えてきたメイメイに急かされ、遼河は籠を提げたまま一緒に歩き出す。

男が女官に化けているとは思いもしないのか、彼女はまったく疑っていないようだ。

華奢な自分の体型に悩むこともあった。

もう少し逞《たくま》しくなりたいと、運動をしてみたこともあったが効果はなかった。

けれど、いまとなっては華奢な身体に救われた気分だった。

「その野菜を、あそこで洗うのよ」

メイメイが指差す先に目を向けると、大きな石に囲われた井戸があった。

井戸の周りには大小さまざまな桶が置かれている。

数名の若い女官がその場にしゃがみ込み、せっせと野菜を洗っていた。

女官たちの衣裳は形と色がみな同じだが、結い上げた髪にはそれぞれ異なる髪飾りをあしらっている。

（髪の形が……）

女官たちを目にして、遼河は一抹の不安を覚えた。

遼河の髪はようやく肩に届くくらいの長さで、身支度を手伝ってくれた北斗の弟子たちは結い上げることを諦めてしまったのだ。

もしかすると、長い黒髪を結い上げるのが女官の決まりになっている可能性もある。

衣裳が他の女官たちと同じであっても、髪型が異なっていてはまずいのではないだろうか。

（でも、どうしようもないし……）

最初に出会ったメイメイがとくに指摘をしてこなかったこともあり、とりあえず様子を見ることにした。

（あそこはなんだろう？）

井戸の向こうに、間口の大きな建物がある。

城内にありながらも質素な造りで、入り口には〈六膳房《ろくぜんぼう》〉と記された木札が下がっていた。

目を凝らすと幾つもの竈《かまど》が見える。

どうやら厨房のようだ。

皇帝のための料理を用意する厨房としてはあまりにも粗末な造りであることから、女官たちの食事を作る場所と思われた。

「リョウガ、そこの桶に野菜を入れて」

早くも井戸の水をくみ上げたメイメイから指示を出され、遼河は手近の桶に籠いっぱいの野菜を移す。

「今日から一緒にお仕えすることになったリョウガよ」

メイメイの声に、井戸を囲んでいる女官たちが顔を上げる。

「ソウ・リンレイよ、よろしくね」

「私はワン・リーリー」

「サイ・ウーメイよ」

矢継ぎ早に自己紹介され、遼河は戸惑いつつも笑みを浮かべる。

一度に全員の名前を覚えるのはとても無理そうだが、一緒に過ごしていくうちにどうにかなるだろう。

「セツ・リョウガです。よろしくお願いいたします」

新入りらしい振る舞いとはどんなものだろうかと考えつつ、丁寧に頭を下げた。

「早く野菜を持ってきてちょうだい」

膳房から大きな声が聞こえ、野菜を洗い終えた女官たちが慌ただしく井戸から離れていく。

「ここで作ってる料理って女官が食べるんですよね？」

「ええ、そうよ」

「女官って後宮に何人くらいいるんですか？」

桶に移した野菜をせっせと洗いながら訊ねると、メイメイが肩をすくめて笑った。

「私も先月、入ったばかりでよくわからないの。でも膳房はここだけじゃなくて他にも幾つかあるらしいわ」

「そうだったんですね」

遼河は内心、安堵する。

仕えて長い女官より、新人のほうが話をしやすい気がしたからだ。

「そんな堅苦しい喋り方しないでいいわよ。私のほうが年下だと思うし」

「えっ？　ぼ……私は二十一歳だけど……」

思わず「僕」と口にしそうになり、慌てて言い直した。

幸いなことに、メイメイは気にした様子がない。

「やっぱり、私は十八よ」

「そうなん……そうなのね」

言葉遣いに気をつけなければならないから、どうしてもぎこちなくなってしまう。

女装をするのも初めてならば、女性の言葉を使うのも初めてなのだからしかたない。

とはいえ、正体がばれないようにするためにも、言葉と振る舞いには極力、気をつけなければと自らに言い聞かせた。

「私たちみたいな下っ端は、一日中、野菜を運んで洗うのが仕事」

「それだけ？」

「それだけって言うけど、けっこうな量があるから大変なのよ」

「朝、昼、晩ってことでいいの？」

「そうよ」

メイメイは屈託のない笑みを浮かべ、いろいろ教えてくれる。

騙しているから申し訳ない気持ちもあるが、ここでは彼女に頼るしかないだろう。

「ちょっと、いつまで洗ってるの！　早く運んでくれないと困るんだよ」

またしても膳房から大きな声が飛んできた。

声の主は見えないけれど、少し年齢が高そうに感じられる。

膳房を取り仕切っている女官かもしれない。

「はーい、すみません」

膳房を振り返って返事をしたメイメイが、遼河に向き直る。

「急ぎましょ」

「ごめん、私のせいで怒られちゃって」

遼河は素直に詫《わ》びた。

自分があれこれ質問をしたから、無駄に時間を使ってしまったのだ。

「チュウさんはいつも怒鳴ってるの。だから気にしちゃダメよ」

メイメイが可愛らしい笑みを浮かべる。

叱られてしゅんとした様子もないから、本当に日常茶飯事なのかもしれない。

「わかった」

「さっ、中に運びましょう」

メイメイに促され、洗い終えた野菜を乾いた桶に入れて持ち上げる。

「ひとりで大丈夫？」

「平気、平気、メイメイはその籠を持ってきて」

「わかったわ」

それぞれに荷物を持ち、急ぎ足で膳房に向かう。

会って間もないとは思えないくらい、メイメイとの距離が近くなっている。

女官の姿で放り出されたときは、ただならない不安を抱えていたけれど、彼女と知り合ったことでずいぶん気が楽になっていた。

どう足掻《あが》いたところで、自分で元の世界に戻ることはできない。

ならば、うだうだ考えずに異世界での暮らしを楽しんだほうがいいにきまっている。

時代がいつなのか、どんな皇帝なのか、現時点ではまったく不明だ。

それでも、ここが大昔の中国のような世界であることは間違いなさそうであり、皇帝が暮らす城の中にいるのだと思うと、心なしかわくわくしてきた。

中国の歴史が大好きで、中国史の研究者を目指す自分にとって、これ以上、素晴らしい経験はない。

一週間、もしくは一ヶ月……特別な星が現れる日がいつになるのか定かではないけれど、それまでのあいだは存分に楽しもうと、メイメイと並んで歩く遼河は前向きな気持ちになっていた。

第二章

異世界で五日目の朝を迎えた遼河は、すっかり打ち解けたメイメイと食後の散歩を楽しんでいた。

突然、女官がひとり増えたというのに、周りは誰も変に思う様子がなく、畳一畳ほどのスペースと寝具を与えられた。

膳房で働いている者は食事係と呼ばれ、調理、配膳、下拵《したごしら》えといった担当があり、野菜を運んだりする雑用担当は最下層になるとのことだ。

雑用担当の女官はもっとも人数が多く、ひとり、ふたりの増減は珍しくないらしい。

注目を浴びないにこしたことはないから、遼河はメイメイと同じ雑用担当として働くことにした。

とにかく、正体を知られないように、メイメイをはじめ他の女官たちの振る舞いを窺いながら、ひたすら真似をすることで身につけていった。

最下層の女官であっても、きちんと仕事をしていれば無下に扱われることもなく、膳房は和《わ》気藹々《きあいあい》としていて楽しい。

食事はとても質素で、主食は粥《かゆ》か饅頭《マントウ》、副菜に野菜炒めや少しの肉が出るくらいだ。

ただ、味は本格的で、さすが本場の中華料理は深みが違うと、遼河はひとり、それを味わえる喜びを感じていた。

あまり交友関係を広げないほうがいいだろうと判断し、仕事以外の時間はもっぱらメイメイと過ごしている。

彼女と城内を散歩しながら後宮のことなどを教わるのが、いまでは日課になっていた。

「そうそう、昨日、チュウさんに女官は何人いるんですかって訊いてみたの」

花と木々に囲まれた庭園を歩いている途中で、メイメイがふと思い出したようにそう言って笑った。

「それで?」

「女官にも位があって膳房もそれぞれ別にあるんだから、そんなこと知るわけないだろうって怒られちゃった」

「そっかぁ……」

興味津々だった遼河は、答えが得られず肩を落とす。

中国の歴史書によると、後宮に仕える女官や宦官は数千とも言われている。

実際に長く働いていても、巨大な城内のすべてを知ることなど無理なのかもしれない。

いまの遼河が目にすることができるのは、膳房という狭い一画の中だけだ。

城内の散歩は許されているが、それも限られた範囲内であり、ほとんどなにも知らない状態に近い。

せっかく異世界の後宮にいるのだから、もっといろいろなことを知りたいという欲が湧いてくる。

「あー、トンボー」

のんびり歩いている遼河の耳に、どこからともなく甲高い声が聞こえてきた。

「えっ？　子供の声？」

思わずメイメイと顔を見合わせる。

「わ――――っ！」

今度は悲鳴のような叫び声が響いた。

バタバタとけたたましい音が続く。

なにごとかと振り返ると、木々のあいだに設けられた石段から、艶やかな青い衣を纏った幼い男の子が駆け下りてきた。

「誰か――っ、とめて――っ」

子供の足がどんどん加速する。

勢いがつきすぎて止まれなくなっているのだ。

「危ない！」

遼河は咄嗟に駆け出したけれど、助けるには少し距離があった。

子供は最後の一段を下りたところで、勢い余って転んでしまう。

「大丈夫？」

「わーん、わーん……痛いよぉ……」

すぐさま駆け寄って泣いている子供を抱き起こし、衣についた土を軽く払ってやる。

それにしても贅沢な衣だ。

大きな袖の袍《ほう》と袴の組み合わせで、綺麗に頭頂部に作った団子状の髪に金色の小さな冠をつけている。

かなり位の高い人物の子供であると察せられた。

「どこか怪我したの？　どこが痛いの？」

子供はしっかり自分の足で立っている。

足を痛めたわけではなさそうだ。

「わーん……」

子供が小さな手を、目の前で跪《ひざまず》いている遼河に見せてくる。

掌《てのひら》についている土を払うと、少し赤くなっていた。

転んだ拍子に強く手をついてしまったのだろう。

「ちょっと赤くなってるだけだよ」

「痛いのー」

目を真っ赤にした子供が、不機嫌そうに頬を膨らませる。

訴えを聞いてもらえないのが不満のようだ。

とはいえ、掌には血が滲《にじ》んでいるわけでもない。

捻挫《ねんざ》を疑って手首をクイクイと動かしてみても、ことさら痛がる様子もない。

「びっくりしちゃったんだね。大丈夫だよ」

安心させるように微笑み、涙に濡れた子供の頰を指先で拭う。

「まだ痛い？」

「うん」

子供がこくんとうなずく。

「じゃあ、おまじないしてあげる。痛いの痛いのお空に飛んでけー」

上に向けた子供の掌に指先を軽くあてがう。

不思議そうに目を瞠っている子供を見つつ、痛みを掴んで投げ捨てるように遼河は自分の手を空に向けて高く挙げる。

子供は遼河が放り投げたなにかが、まるではっきり見えるかのように空を仰ぐ。

「ね、もう痛くないでしょ？」

遼河が小さな掌を優しくさすると、子供がパッと顔を明るくした。

「ほんとだー、すごーい」

「よかった」

安堵の笑みを浮かべ、感激している子供を見つめる。

それにしても愛らしい顔立ちをしている。

真っ直ぐに見つめてくる大きな瞳には、子供ながらに強い意志が感じられた。

「聖栄《せいえい》さまー、聖栄さまー」

大きな声が響き、若い女官を従えた年配の女性が石段を下りてくる。

途中で遼河たちに気づくと、年配の女性は息を呑むようにして一瞬、その場に固まった。

「聖栄皇子、どうなさいました」

数拍の後に声をあげた年配の女性を、遼河は驚きに目を瞠って見返す。

（皇子？）

聞き間違えではない。

彼女は確かに「皇子」と言った。

どうして幼い子供がこんなところにいるのだろうと訝しく思っていたけれど、皇子とわかれば納得がいく。

とはいえ、聖弦皇帝の世継ぎかもしれない皇子と、こんなふうに気安く触れ合ってしまったら、厳しく咎《とが》められるのではないだろうか。

跪いていた遼河は慌てて立ち上がり、軽く頭を垂れて上目遣いに成り行きを見守る。

「そこで転んだだけだ」

「まあ、なんてこと……聖栄皇子、お怪我は？」

駆け寄ってきた年配の女性は顔面蒼白だが、彼女を見上げる子供は悪びれたふうもない顔つきで問いかけに答えもしない。

子供以外に経緯を説明できるのは、自分とメイメイしかいない。

けれど、さりげなくあたりに目を向けると、なぜかメイメイの姿がなかった。

いったい、いつ立ち去ったのだろうか。

高貴な人物と遭遇したときは、身を隠す決まりでもあるのだろうか。

置いてけぼりを食らった遼河は、どうしたものかと考えた末、年配の女性に一礼した。

「僭越《せんえつ》ながら……掌が少し赤くなっているので、転んだ拍子に打ったのだと思います」

遼河を訝しげに見ていた年配の女性が、ことさら大きなため息を吐き出した。

「はぁ……言うことを聞かずに走ったりするからですよ。さあ、宮に戻りましょう」

「いやだ」

拒絶の声をあげた子供が、女性に握られた手を振り解き、遼河の後ろに素早く隠れる。

いきなり隠れ蓑《みの》にされ、大いに慌てる。

年配の女性が向けてくる射るような視線が、どうにもいたたまれなかった。

(どうしよう……)

大事にならないうちに膳房に戻りたい。

口を出していいものか迷ったけれど、なにもせずにはいられなかった遼河は、背後に隠れる子供にくるりと向き直った。

「皇子、もうすぐ昼餉《ひるげ》ですよ。宮に戻りましょう」

「そなたも一緒に来るなら宮に戻ってもいい」

子供がとんでもない条件を出してきた。

なぜそんなことを思いついたのだろう。

「皇子、そんな我《わ》が儘《まま》を言ってはダメです」

「いやだ」

「皇子、駄々を捏《こ》ねないでください」

とにかく諦めさせせなければと、遼河は必死だった。

「そなた、名は？」

険しい顔つきで口を閉ざしていた年配の女性から問われ、反射的に硬直する。

「リョ……セツ・リョウガと申します」

「所属は？」

「食事係です」

値踏みでもするかのようにじろじろと眺められ、正体がばれてしまうかもしれないという恐怖から鼓動が驚くほど速くなった。

「リョウガ、一緒に来なさい」

年配の女性のひと言に、項垂《うなだ》れていた遼河はパッと顔を上げる。

「えっ？」

「リョウガ、行くよ」

「皇子……」

手を握ってきた子供に促され、しかたなく歩き出す。

許しを得た子供は嬉しくてたまらないのか、繋いだ手を大きく前後に振って歩く。

子供に懐かれて嫌な気はしないけれど、彼は世継ぎの皇子かもしれないし、自分の立場を考えたら喜んでばかりもいられない。

それでも、ここから逃げ出す術がない以上、一緒に行くしかなかった。

子供は小さいながらもずんずんと歩いて行く。

年配の女性と若い女官たちは、少し離れてついてくる。

とんでもないことになってしまったと思う遼河は、どこをどう歩いているのかすらわからなくなっていた。

「リョウガ、そこだよ」

子供の声にハッと我に返る。

目の前に〈淑徳殿《しゅくとくでん》〉と記された大きな門があり、庭の奥に瀟洒《しょうしゃ》な宮が見えた。

ついに、皇子の宮に到着してしまったようだ。

「リョウガ」

「はい」

門を潜《くぐ》ろうとしたところで年配の女性から声をかけられ、遼河は足を止めて振り返る。

「聖栄皇子は聖弦皇帝陛下の弟君ですから粗相のないように」

「は、はい」

恭《うやうや》しくお辞儀をしたけれど、彼女の言葉に驚きを隠せないでいた。

聖弦皇帝の息子ではなく、弟だったとは考えもしなかった。

まあ、どちらにしろ高貴な身分であることは変わらない。

これまで以上に慎重に振る舞わなければと、自らに強く言い聞かせる。

「リョウガ、早く早く」

聖栄に手を引かれ、〈淑徳殿〉の庭へと足を踏み入れる。

玉砂利が敷かれた庭はとても広く、木製のブランコや木馬といった遊具があった。

「ちゃんと揺らしてよー」

庭の中央の木馬に跨《また》がっている男の子が、後ろに立つ女官に命じている。

赤い手綱を握っている彼は、もっと激しく木馬を揺らしてほしいようだ。

聖栄と同じ雅な青い衣を纏い、結った髪に銀色の冠をつけているから、彼も皇子だろうか。

門の近くからさりげなく観察していると、木馬に跨がっていた子供が地面に飛び降り、一目散に駆け寄ってきた。

「聖栄、その人は誰？」

男の子が遼河を遠慮なく指差してくる。冠の色が違っていなければ見分けられないくらい、彼は聖栄とそっくりな顔をしていた。

「リョウガだよ」

「リョウガ、僕は聖応《せいおう》」

男の子が笑顔で見上げてくる。

「セイエイ皇子とセイオウ皇子はよく似てますね？　もしかして双子……」

「黙りなさい！　聖栄皇子と聖応皇子は年子のご兄弟ですよ」

突如、割って入ってきた年配の女性に強い口調で窘《たしな》められ、遼河は思わず肩を窄《すぼ》めた。

「あっ、そうなんですね。本当によく似ていらっしゃるので……」

「そう思ったとしても余計なことは口にしないように」

「はい……」

年配の女性から厳しく言い聞かせられ、恐縮しきりでうなずき返す。

逆鱗《げきりん》に触れたとまではいかずとも、彼女からはかなりの怒りが感じられた。

この国では「双子」は禁句なのだろうか。

いずれにせよ、二度と口にしないように気をつけなければ。

「リョウガ、遊ぼう」

聖応に庭の中央へと引っ張っていかれる。

高貴な生まれであっても、男の子なら遊びたい盛りだ。

跳んだり跳ねたり走り回ったりしたいのだろう。

これまで観てきた中国の歴史ドラマには、元気すぎる皇子に手を焼く女官たちの姿がよく登場した。

ここの皇子たちに仕える女官が困っているかどうかは不明だが、異なる世界から来た自分なら少し変わった遊び相手になれるかもしれない。

そもそも、皇子たちの許しがなければ膳房に戻れないのだから、彼らの言うことを聞いて早く帰してもらおう。

「遊び……そうだ、こういうの知ってますか？」

ひとしきり思いを巡らせた遼河は、両手を大きく広げて弧を描くように走り出した。

「ぶーん、ぶーん……」

「リョウガ、お空を飛ぶ鷹みたい！」

声を出して飛行機の真似をする遼河を見て、聖応がはしゃいだ声を上げ、聖栄が両手をパチパチと打ち鳴らす。

（そうか知らないんだよな……）

彼らは飛行機など知るよしもない。

自分は本当に違う世界にいるのだなと、いまさらながらに強く思う。

「一緒にやるー」

「ぶーん、ぶーん」

同じように両手を大きく広げた聖栄と聖応が、衣の裾を軽やかに翻しながら走り回る遼河のあとを追ってくる。

青々とした広い空のもと、異世界で皇帝の弟たちと飛行機ごっこをしている。

なんとも不思議な気分だった。

「急降下しまーす」

身体を斜めに曲げた遼河は、足を速めて皇子たちの後ろに回る。

「わー、追いかけてくるー」

迫り来る遼河から逃れようと、皇子たちが必死に走った。

こんなふうに、無心で走ったのは何年ぶりだろうか。

額に滲む汗も気にせず、皇子たちと一緒になって庭を走り回る。

「ずいぶん楽しそうだな?」

通りのよい男性の声が聞こえ、遼河は走りながら何気なく視線を向けた。

「陛下、拝謁いたします」

皇子たちの姿を遠巻きに見守っていた年配の女性があたふたと跪き、女官たちがいっせいにひれ伏す。

（陛下って、まさかあの人が……）

それを目にしてピタリと動きを止めた遼河は、すぐさま女官たちを真似た。

思いも寄らない出来事に、心臓がバクバクし始める。

「立ちなさい」

聖弦皇帝のひと言に上目遣いであたりを窺う。

年配の女性と女官たちが立ち上がり、そのまま項垂れる。

遼河もまた立ち上がって頭を垂れた。

間もなくして玉砂利を踏みしめる音が聞こえ、目の前に人が立つ気配を感じる。

「そなたは？」

「食事係のセツ・リョウガです」

「食事係の女官がなぜここに？」

「それは、あの……」

遼河は項垂れたまま言葉に詰まった。

どこまで自分の口から説明していいのかわからない。

聖弦皇帝の口調は穏やかだが、項垂れているから表情を読み取ることができない。

見知らぬ女官が皇子と一緒にいることを、彼はどう思っているのだろうか。

「庭園を散歩中の聖栄皇子が転ばれたところを、この女官が助けたようでして……」

「兄上、リョウガはとっても優しいんですよ。それに、楽しい遊びを知っているんです。ね？」

年配の女性の説明を遮った聖栄が、遼河の隣りに来て手を繋いでくる。

同意を求められても、頬が引きつるだけだ。

「聖栄が女官に懐くとは珍しいな」

聖弦皇帝の感慨深げな口調に、遼河は少しだけ視線を上げる。

（っ……）

聖弦皇帝を目の当たりにし、思わず息を呑んだ。

なんと凛々《りり》しい顔立ちだろうか。

くっきりとした太い眉、力強い瞳、すっきりと通った鼻筋、引き締まった口元。

人気俳優にも余裕で勝るほどの美形だ。

身に纏っているのは、贅沢に刺繍《ししゅう》を施した黄金色の衣で、結い上げた髪に黄金の冠をつけている。

皇帝と聞いて勝手に年配の男性を思い描いていたが、想像していた以上に若い。

三十歳になるか、ならないかくらいだろう。

あまりにも素敵な聖弦皇帝に見惚れていると、年配の女性がしずしずと歩み出てきた。

「陛下、お願いがございます」

「なんだ？」

「聖栄さまと聖応さまはリョウガをとても気に入られたようでして、できれば皇子付きの女官にしていただきたいと……」

年配の女性がちらりと遼河を見やる。

（えっ？　僕が皇子付きの女官？）

とんでもない彼女の申し出に、遼河は硬直した。

皇子たちと遊んだだけなら、いい経験ができた、で終わる。

けれど、男でありながら女官に化けて城内に紛れ込んでいるのだから、皇子付きになるのはさすがにまずい。

「人見知りが激しい聖栄が、新しい女官に懐くなど珍しいことだな。願い事など滅多にしないそなたがそう言うのであれば、その者を皇子付きの女官に命じよう」

「ありがとうございます」

安堵の声をもらした年配の女性が、深々と頭を下げる。

皇帝の決定に口を挟めるわけもなく、遼河は愕然《がくぜん》とするばかりだ。

「リョウガ、あなたは今日から聖栄皇子と聖応皇子にお仕えするのよ」

「は、はい」

年配の女性に力なく返事をした遼河の前に立った聖栄が、満面の笑みで見上げてくる。

「リョウガ、部屋に案内してあげる」

「部屋？」

理解できずに思わず小首を傾げた。

「お付きの女官は宮で寝泊まりするのが決まりだ」

「ここで、ですか？」

「そうだ。ああ、そうそう、衣も新しく用意しなければな」

きょとんとした遼河にうなずき返した聖弦皇帝が、朗らかに言って軽く振り返る。

「すぐに用意させます」

恭しく頭を下げたのは、渋い臙脂《えんじ》色の衣に身を包んだ男性だった。

見た目は男性だが、城内にいるのだから宦官だろう。

皇帝に従っているということは、数いる宦官の中でも最高位のはずだ。

年齢的に聖弦皇帝とさほど変わらないように見えることから、若くして昇り詰めた優秀な宦官だと察せられた。

「どうかしたか？」

突如、聖弦皇帝から声をかけられ、遼河は恐縮して肩を窄める。

「あ、あの……」

「なんだ？」

「食事係を辞めるのであれば、その旨を膳房のチュウさんに伝えないと……」

皇帝の決定は覆ることがないのだから従うしかないとしても、数日とはいえ世話になった身としては義理を果たしたい思いがあったのだ。

「こちらで伝えるから、そなたが気にすることはない」

「リョウガ、こっちだよ」

聖弦皇帝は心配無用と笑い、聖栄は焦れた声をあげる。

この異世界で、自分の思い通りにできることはなにもない。

もう、なるようにしかならないのだと覚悟を決めた。

「失礼いたします」

聖弦皇帝に向け恭しく頭を下げるなり、左右の手を聖栄と聖応に繋がれた遼河は、そのまま宮の中へと連れて行かれる。

二人の皇子が暮らす宮だけあり、内装が絢爛豪華だ。

長い廊下には朱の織物が敷かれ、左右に部屋が設けられている。

「リョウガ、ここが僕の寝所で、あっちが聖応の寝所」

楽しそうな聖栄の説明に、遼河はしっかりと耳を傾けた。

どの部屋にも見事な細工の大きな衝立《ついたて》が置かれてあり、ほぼ個室に近い状態になるとわかって安堵する。

「食事をするのはあの部屋で、リョウガの部屋はここ」

「えっ？　こんなに広いなんて……」

部屋の前で足を止めた遼河は、予想を遙かに超えた豪華さに目を瞠った。

膳房で働く女官たちは身分が低いと理解はしていたが、あまりにも差がありすぎる。

「皇子付きの女官は心悦《しんえつ》の次に偉いんだよ」

「シンエツ？」

「さっき一緒にいた乳母の心悦」

初めて聞く名に首を傾げると、すぐに聖応が教えてくれた。

「あの方はお二人の乳母なんですね？」

「兄上の乳母でもあるんだよ」

一段高い部屋の入り口に腰掛けた聖栄から、隣りに座るよう促されて腰を下ろす。

すると、すぐ聖応が遼河を挟むように座った。

ともに足をぷらんぷらんさせている幼い二人は、笑みを絶やさずにいる。

愛らしい二人の世話をするのも楽しいかもしれないと、そんなことをふと思う。

「そういえば、陛下ってお幾つなんですか？」

「兄上？　今度の誕生日で二十八歳だけど、富弦国の皇帝のことなのにリョウガは年齢も知らないの？」

素朴な疑問を投げかけたつもりだったけれど、聖栄からなぜそんなことを訊くのかと問い返されてドキッとする。

こちらの世界に関しては知らないことばかりだから、ついつい訊きたくなってしまう。

けれど、富弦国の民であれば、誰でも知っていて当たり前のことを訊ねれば、疑いの眼を向けられる。

まだ幼いとはいえ、皇子たちはしっかりと教育を受けているだろう。

これからは、軽はずみな質問や行動は控えなければならない。

「あっ、そうそう間もなく二十八歳になられるんでしたね。失念してました」

内心ではおおいに慌てながらも、遼河はどうにか平静を取り繕って誤魔化した。

さりげなく皇子たちの顔を見やると、二人ともとくに疑いを深くしている気配はなかったので、静かに胸を撫で下ろす。

「あっ……」

廊下の向こうに心悦の姿を見た遼河は、そそくさと立ち上がって衣の裾を整える。

「リョウガ、新しい衣を持ってきたからこちらに着替えなさい」

「はい、ありがとうございます」

わざわざ届けに来てくれた心悦に礼を言い、新しい衣裳を受け取った。

重みがあり、ほんのりといい香りが漂ってくる。

質のよい香が焚《た》きしめてあるようだ。

「さあさあ、お二人とも昼餉の時間ですよ」

「はーい」

心悦に促された皇子たちが、素直に返事をしてぴょんと廊下に降り立つ。

楽しげになにやら話しながら別室に向かう彼らをその場で見送り、着替えるために部屋に上がった遼河は、衝立の向こうに回り込む。

大きな衝立によって入り口はほぼ塞がれていて、廊下から中を見られることはなさそうだ。

部屋の奥に天蓋付きの寝台があり、テーブルと椅子、大きな楕円の鏡がついた化粧台も用意されていた。

「ドラマの中にいるみたい……」

寝台に歩み寄り、持っている衣裳を下ろす。

天蓋から垂れているのは、うっすらとした桃色の柔らかな布。

寝具も同じ色合いで、そっと撫でてみるとすべすべしていた。

ここ数日、硬い布団で寝ていたから、寝心地のよさそうな寝台が嬉しい。

「皇子付きの女官かぁ……」

これからどうなるのだろうか。

皇子たちと過ごすのは楽しそうだが、不安は尽きない。

この先のことをなんとなく考えながら、着ている衣を脱いでいく。

新たな衣は、いままでのものと形こそ同じだが、少し生地が厚く、襟に凝った刺繍が施してある。

袖のない上着の裾にも刺繍が施されていた。

一通り身につけたところで、化粧台の鏡に姿を写してみる。

しかたなく女装をしているのに、様になっているのが我ながらちょっと悲しい。

けれど、様になっているからこそ、正体を見破られずにすんでいるのだからよしとしよう。

「髪はこのままでいいのかなぁ……」

女官は誰もが髪を結っているのに、いままでひとりとして言及してくる者はなかった。

もう少し長くなればひとつにまとめられそうだが、そう簡単に髪は伸びないから諦めるしかないだろう。

「それにしても聖弦皇帝の格好よさったら……」

脱いだ衣を綺麗に畳んで寝台の端に腰掛けた遼河は、ぼんやりと遠くを見つめた。

映画やドラマには、いくらでも美丈夫の皇帝が登場する。

それがフィクションであることは、歴史的な資料によって一目瞭然であり、遼河も承知の上で観ていた。

だからこそ、映画やドラマで皇帝を演じる役者以上に、美形で格好いい聖弦皇帝を目にしたときの驚きが大きかったのだ。

「皇后はどんな人なんだろう？　きっとものすごい美人なんだろうなぁ……」

美形の皇帝には美人の皇后が相応《ふさわ》しい。

皇后に会いたいなんて不敬きわまりないし、そう簡単にお目にかかれないだろうとわかっていても、やはり興味が募る。

「あれ？　でも星読みが召喚したかったのって皇后のはず……」

皇后はひとりきりなのだから、聖弦皇帝はまだ結婚していないのかもしれない。

「まっ、いいか……さてと、着替えもすんだし……」

そのうちわかるだろうと思い直し、改めて鏡に映る姿を確認した遼河は、畳んだ衣を持って部屋を出て行く。

皇子付きの女官に任命されたけれど、実際にどんなことをすればいいのかは教えてもらっていない。

「ここで一番偉いのは心悦さんみたいだし……」

いままで着ていた衣裳を返却しないといけないこともあり、遼河はまず心悦のもとを訪ねることにした。

第三章

城内がすっかり暗闇に包まれた夜更け、聖弦皇帝は〈星流閣《せいりゅうかく》〉で暮らす星読みの北斗を訪ねていた。

就寝中以外はそばを離れない腹心とも言える太監《たいかん》の陽琳《ようりん》も、いまは外で待たせている。

北斗との会話は、信頼の置ける彼にすら聞かれてはならないからだ。

「皇后はまだ現れないのか？」

蝋燭に灯された火だけが照らす薄暗い部屋で、大きな机に広げた星図を見るともなく眺めていた北斗がゆっくりと顔を上げる。

二代前の皇帝から星読みとして仕えているという北斗は、見た目は五十代半ばといったところだが、実年齢は不明で出自さえ知る者がいない。

彼は薄暗い部屋に籠もり、日がな一日、占いに没頭している。

歴代の皇帝が、ことあるごとに星読みに意見を求め、それに従って行動してきた。

国の運命を星読みに委ねているわけではないが、意見に耳を貸さなかったが故に不運に見舞われた過去があり、いまだ無視できない存在なのだ。

そうした星を読む力を持つ北斗から、「皇后の存在を告げる星が出現した」と伝えられたのは半月前のことだ。

急逝した父皇帝の後を継いだ聖弦が、富弦国の皇帝となって間もなく四年になるが、皇后の座は空けたままになっている。

後宮には幾人もの妃嬪《ひひん》がいるが、皇后だけは星によって選ばれる決まりになっているのだ。

国の繁栄と安寧を維持することに邁進《まいしん》してきた聖弦皇帝は、皇后不在の状況を気にしていたからこそ、北斗からの報告におおいに期待した。

ところが、待てど暮らせど皇后が現れたという知らせがなく、痺れを切らして自ら訪ねてきたのだった。

「それが……」

星図から顔を起こした北斗が、珍しく言い淀んだ。

よからぬ事態になっているのではと聖弦皇帝は不安を抱く。

「つい先日、凶を告げる星が現れまして……」

「どういうことだ？」

聞き捨てならない言葉を口にした北斗に、ずいっと迫る。

「吉の星を打ち消すように現れた凶の星……いましばらくは皇后の座を空けておくべきかと存じます」

「どれくらい待てばよいのだ？」

「再び吉の星が出現するまでお待ちください」

北斗の曖昧な答えに、聖弦皇帝はグッと口を噤《つぐ》む。

彼の様子がいつもと違うように感じる。

なにか隠しているようにも思える。

けれど、「凶」の星が現れたのは不吉の前兆でもあり、北斗の言葉を信じて急がないほうがいいような気がした。

「では、吉の星が現れるまで待つとしよう」

そう言い残して〈星流閣〉をあとにすると、すぐさま手提げ灯籠を持った陽琳が歩み寄ってきた。

「宮に戻られますか？」

「いや、少し歩こう」

「御意」

陽琳が手提げ灯籠で聖弦皇帝の足下を照らしながら、ゆっくりとした足取りで進む。

「本日は皇后さまのことで？」

陽琳がさりげなく訊ねてきた。

皇太子の時代から仕えてくれている彼は利発で忠誠心が強く、聖弦が皇帝となったいまではなくてはならない存在であり、隠し事をすることもない。

「吉の星を凶の星が打ち消したらしい」

「凶の星でございますか？」

陽琳の顔をわざわざ見なくても、その声音で表情を険しくしたのがわかる。

「こればかりは急かしたところでどうにもならぬゆえ、吉の星が再び現れるのを待つことにした」

「それがよろしいかと」

いつものように言葉を交わしながら池の畔《ほとり》を歩いていると、魚が跳ねるような水音が聞こえてきた。

こんな夜更けに珍しいと思いつつ、聖弦皇帝は足を止めて池に目を向ける。

「うん？」

月の明かりだけが頼りの中、うっすらと人影が見えた。

さらに目を凝らしてみると、なんと人がすいすいと泳いでいるではないか。

清らかな水面を緩やかに波立たせながら、一糸纏わぬ姿で泳いでいる。

白くしなやかな肢体から、目が離せなくなった。

「なんと美しい……」

「あれは女官のセツ・リョウガでは？」

「確かにそのようだ」

暖かくなってきたとはいえ、夜の池の水はまだ冷たいはずだ。

なぜ、こんな遅い時間に泳いでいるのだろうか。

すいすい泳いでいたかと思えば、深く水に潜っては勢いよく頭を出す。

なんとも気持ちよさそうだ。

数日前、〈淑徳殿〉で皇子たちと遊ぶ遼河を目にしてから、元気で明るく可愛らしい姿が強く心に残っていた。

そんなこともあってか、夜の池で泳いでいる彼女を見たら、無性に話がしてみたくなってきた。

「リョウ……」

声をかけようとしたけれど、驚かせては可哀想だと思いとどまる。

「変わった女官ですね？」

「そうだな」

陽琳と顔を見合わせて笑う。

池で泳ぐ女官に遭遇するなど初めてのことだ。

人見知りが激しい聖栄が、乳母の心悦以外に初めて懐いた女官だから、皇子付きに昇格させることに同意した。

けれど、生まれたままの姿で自由に泳ぐ逵河を見て気が変わった。

ただの女官にしておくにはもったいない。

「陽琳、リョウガに位を与えたいのだが？」

突然の提案に、陽琳が眉根を寄せる。

気に入った女官をそばに置きたければ妃嬪にすればよいのだが、後宮には厳密な決まり事があるのだ。

「まずは才人からがよろしいかと」

「では、早々に才人に封じてくれ」

「御意」

陽琳がにこやかにうなずく。

皇后の座は空いているが、続く貴妃、淑妃、徳妃など上の位はすでに埋まっている。

その下にも山ほどの位があり、才人はほぼ最下位となるが、いきなり上の位に封じてしまうと、後宮での揉め事に発展しかねないのだ。

「これから楽しくなりそうだ」

池で泳ぐ遼河を眺めつつ頬を緩めた聖弦皇帝は、再び静かに歩み始めた。

妃嬪であれば、いつでも自由に会うことができる。

煌びやかな衣裳を纏って化粧を施しても、彼女は可愛いままだろうか。

それとも、驚くほど美しく変身するだろうか。

遼河のことばかり考える聖弦皇帝は、いつになく心を躍らせていた。

第四章

遼河が皇子付きの女官になってから、早くも十日が過ぎた。

同じ宮で寝起きし、朝から夕刻まで元気な皇子たちの世話をする日々だが、不満などひとつもない。

乳母の心悦によると兄の聖栄は人見知りが激しいとのことだが、いったいどこがと首を傾げたくなるくらい遼河に懐いていた。

弟の聖応は兄の倍くらい活発で、気がつけば遼河は彼を追いかけて宮の中を走り回っている。

当初は髪を振り乱して走るなどはしたないと心悦も窘めてきたけれど、毎日のことなので諦めてしまったのか、いつしかなにも言わなくなっていた。

皇子の世話といっても特別に難しいことはなく、着替えを手伝い、一緒に食事をし、昼寝をさせるくらいで、あとはほとんど遊びの時間だ。

朝餉《あさげ》のあとに皇子の教育係が宮を訪ねてくるので、学問の時間と昼寝をしているあいだが遼河の自由に使える時間となる。

とはいえ、どちらも小一時間くらいなのであっという間に終わってしまい、夜に彼らを寝かしつけるまではほぼ一緒にいた。

完全に解放されるのは皇子たちの就寝後で、誰に邪魔されることもなくひとり好きに過ごすことができる。

楽しみのひとつが、城内の庭園にある池での水浴びだ。

こちらの世界では、身分の低い者たちは入浴する習慣がないようで、膳房で働いていたときは濡らした布で身体を拭いて終わりだった。

裸になったら男であることがばれてしまうから、かえってよかったといえるのだが、やはり何日も風呂に入らないでいるのは辛い。

二人の皇子が暮らす〈淑徳殿〉には豪華な浴場があり、遼河は彼らが入浴する際に世話をしている。

湯に浸かって気持ちよさそうな顔をしている彼らを見ていると、自分も風呂に入りたくなるが女官が浴場を使うことは許されない。

そこで、皇子付きの女官になって完全にひとりになれる時間があるのだから、池で水浴びをしようと思い立ったのだ。

もちろん誰もいない夜中にしかそんなことはできないし、警護兵の巡回もあるから危険を伴う行為だ。

それでも、清らかな池の水に全身で浸かると最高の気分で、あたりの様子を窺いながら入浴代わりの水浴びをしていた。

膳房でメイメイたちと和気藹々と働くのも楽しかったけれど、生活環境としては雲泥の差がある。

城内で仕える女官たちは、常に上の位を目指しているとメイメイに教えられた。

少しでも待遇のいい仕事に就きたいから、仲間を出し抜こうとする女官が後を絶たないというのだ。

位が上がるだけで、ここまで生活が向上するということを実際に体験した遼河は、そうした女官がいてもしかたないと納得していた。

「ふぅ……お腹いっぱい」

朝餉の卓を囲んでいた聖応が早々に箸を置き、椅子から立ち上がる。

まだ食べている最中だった遼河は、いったん手を止めて聖応に目を向けた。

本来、女官は脇に控えているものであり、皇族と同じ卓に座ることなどあり得ない。

けれど、二人の皇子から座って一緒に食べるようにとせがまれ、彼らと三食を共にしているのだ。

規律に厳しい心悦はいい顔をしなかったけれど、皇子たちの意向には逆らえないようで、見て見ぬ振りを決め込んだようだ。

「もうよろしいのですか？」

卓上に並んだ料理に目を向けてみると、満腹になるほど食べていないとわかる。

それよりも、どことなく聖応がそわそわしているのが気になった。

「リョウガ、蹴鞠《けまり》がしたい」

「僕もする」

すぐさま賛同した聖栄が、箸を置いて椅子から腰を上げる。

どうやら、教育係が来る前に、覚えたばかりの蹴鞠がやりたくてしかたないようだ。

食事を早めに切り上げたとはいえ、そこそこの量は食べている。

遊んで腹が空いたら、おやつを食べればいいことだ。

「では、庭に行きましょう」

皇子たちに笑顔でそう言い、静かに箸を置いて立ち上がる。

遊ぶ気満々の彼らは、庭に向かって走り出した。

元気溌剌《はつらつ》とした彼らを見ていると、自然と頬が緩む。

「リョウガさん」

「はい」

「陽琳さまがお呼びです」

「は、はい……」

声をかけられて振り返った遼河は、女官の言葉にドキッとした。

聖弦皇帝に仕える太監に名指しされたとあっては動揺する。

（なんだろう……）

不安な気持ちを抑えつつ、急ぎ足で庭へと向かう。

庭の中央で待つ陽琳は、金色の房が着いた巻物を手にしていた。

「陛下の命である。謹んで受けよ」

遼河の姿を見るなり陽琳が声を響かせたので、慌てて彼の前にひれ伏す。

太監が勅命を伝える場面は、ドラマや映画で幾度も観ているが、まさか同じ状況に自分がなるとは驚きだ。

聖弦皇帝の命とはいったいどんなものなのだろうか。

ひれ伏したまま、緊張の面持ちで言葉を待つ。

「本日よりセツ・リョウガを才人に封じる」

「えっ？」

遼河は弾かれたように顔を上げた。

中国の皇帝は何人もの妃を娶《めと》ることが許されている。

いや娶るのが義務といってもいいだろう。

妃嬪の名称は時代によって微妙に異なるが、富弦国の衣裳や装飾品が唐の時代に酷似していることを考慮して照らし合わせてみる。

唐時代の妃の最高位は皇后で、貴妃、淑妃、徳妃などと続く。遼河に与えられた才人は、かなり下の位となるが、皇帝の妃に与えられる位であることは間違いない。

なぜいきなり才人に封じられたのか、まったく見当もつかないけれど、これは一大事だ。

「お受け取りを」

「は、はい……」

陽琳からにこやかに勅命が記された巻物を差し出され、遼河は諦めの境地で受け取る。

「後ほど宦官を寄こしますので、今日の内に宮にお移りください」

「はい」

遼河が恭しく頭を下げると、陽琳はキビキビとした足取りで庭をあとにした。

手にした巻物を呆然と見つめる。

（嘘でしょ……どうすれば……）

聖弦皇帝が遼河を才人に封じた理由は、ひとつしか考えられなかった。

男なのに夜伽《よとぎ》の相手になれるわけがない。

しかし、妃が皇帝を拒絶できるわけもなく、男であることがばれたら死罪もあり得る。

（まずい……絶対にまずい……）

パニック状態の遼河は、巻物を握りしめたままその場で意味もなく右を向いたり左を向いたりと忙《せわ》しない。

どうすればこの難局を乗り切れるだろうかと、必死に考えを巡らせる。

ここまで誰にも気づかれることなく女官の振りをして過ごしてきたのに、妃嬪となってしまったらお手上げだ。

「えーっと……そうだ、勅命を取り下げてもらえばいいんだ！」

閃《ひらめ》いたものの、誰に頼めばいいのかわからない。

「心悦さん……心悦さんなら……」

聖弦皇帝にとって乳母はたいせつな存在のはず。

彼女に頼んでもらえば耳を貸してくれるかもしれない。

「リョウガ、どこに行くの？」

心悦を探しに行こうとした遼河は、聖栄に呼び止められてピタッと足を止める。

皇子たちのことが、すっかり頭から飛んでしまっていた。

「申し訳ありません、心悦さんとお話があるので少しお待ちくださいね」

不服そうな聖栄と聖応を目にして、心から申し訳なく思う。

けれど、いまは彼らより優先すべきことがあるのだ。

「心悦さん！　心悦さん！」

「なにごとですか、騒がしい」

大きな声をあげながら廊下を走る遼河を、自室でくつろいでいた心悦が窘めてきた。

「すみません、こ、これを……」

遼河は詫びの言葉もそこそこに、持っている巻物を心悦に差し出す。

訝しげに眉根を寄せつつ受け取った彼女が、勅命に目を通したとたんパッと顔を綻ばせた。

「まあ、おめでたいこと」

彼女は自分のことのように喜んでいる。

事情を知らないのだから、それもしかたのないことだ。

「おめでたくなんてないです。私は皇子付きの女官です。妃になったらお世話ができなくなります。取り下げてくださるよう、心悦さんから陛下にお願いしていただけませんか？」

他に理由が思いつかなかった遼河は、どうにか皇子付きの女官でいられるようにしてほしいと必死に頼み込んだ。

「皇子のお世話をする女官なら他にいるので心配無用です」

「でも……」

反論の余地もなく、遼河は唇を噛む。

確かに女官は数え切れないほどいる。

その中から、皇子たちが気に入る女官を探せばいいだけのことだ。

「そもそも陛下がお決めになったことですから、私などが口出しできるはずがないでしょう」

心悦にきっぱりとした口調で言われ、彼女に救いを求めても無駄だと判断した遼河は、くるりと背を向ける。

「どこに行くの？」

「陛下に直接、お願いしてみます」

そう言い残し、足早に宮の外に出て行く。

こうなったら聖弦皇帝に直談判するしかない。

勅命を取り下げられるのは彼しかいないのだから。

「そろそろ朝議が終わるころかな……」

小走りで〈淑徳殿〉を出た遼河は、日々、朝議が執り行われている〈清寧殿《せいねいでん》〉へと急ぐ。

広い城内を脇目も振らずひたすら走る。

「はぁ……」

息が切れて途中で足を止め、大きく深呼吸した。

目指す〈清寧殿〉は見えているのだが、そこまでが遠いのだ。

「終わったんだ」

懸命に息を整えていた遼河は、〈清寧殿〉からぞろぞろと出てくる臣下を目にして、再び走り出した。

朝議が終わった直後であれば、〈清寧殿〉に聖弦皇帝がいる可能性がある。

広くて長い階段を下りてくる大勢の臣下たちを掻き分けながら、一心不乱に駆け上がっていく。

何人もの臣下がなにごとかと訝しげな視線を向けてきたけれど、遼河はまったく気にすることなく階段を上がる。

「何用だ？」

必死の形相で階段を駆け上がってきた女官を目にした二人の警備兵が、大きく開かれた扉の前をさっと塞いだ。

二人とも屈強そうな男で、腰に剣を携えていたが、遼河は怯《ひる》むことなく近づいた。

「私は聖栄皇子と聖応皇子のお世話係で遼河と申します。陛下にお目通りを……」

「女官ごときが陛下に会えると思っているのか？」

「急用なのです、どうかお願いします」

「陛下はお忙しいのだ、さっさと帰れ」

警備兵はまったく相手にしてくれない。

無理に中に入ろうとすれば、斬って捨てられそうだ。

「お願いです！　陛下、聖弦皇帝陛下、お話があります」

聖弦皇帝が中にいれば、声が届くかもしれない。

「陛下ー、お話をさせてくださーい」

遼河は警備兵が塞ぐ入り口の隙間から中を窺いつつ、何度も大きな声で呼びかける。

「ええい、騒ぐなというのに」

ついに堪忍袋の緒が切れたのか、警備兵が剣の柄に手をかけた。

さすがにやりすぎただろうか。

ここで殺されてしまっては元も子もない。

ひとまず退散しようかと思ったそのとき、入り口を塞ぐように立つ警備兵のあいだから、こちらに向かってくる陽琳が見えた。

「陽琳さん！　陽琳さん！」

遼河が声をあげて手を大きく振ると、警備兵が怪訝そうに振り返った。

彼らは陽琳に気づくなり、直立不動の姿勢を取る。

「陛下のお許しが出ました。どうぞこちらへ」

「ありがとうございます」

陽琳に促された遼河は、安堵の笑みを浮かべて礼を述べ、〈清寧殿〉に足を踏み入れた。

正面に鎮座する玉座が壇上にあり、深紅の敷物が真っ直ぐに続いている。

玉座の四方は黄金色の太い柱に守られ、高い天井から垂れる幕には金色の房がついていた。

広々とした空間は、臣下たちが去ったあとにもかかわらず、とてつもない圧迫感がある。

遼河は玉座の手前で足を止め、その場に跪く。

「聖弦皇帝陛下に拝謁いたします」

「強引に突破しようとするとは、そなたなかなかの強者だな」

許可を得なければ頭を上げられないためずっと項垂れていた遼河は、驚くほど近くから聞こえた声に驚いてパッと顔を起こした。

いつの間に聖弦皇帝は玉座を立ち、階段を下りてきたのだろうか。

「立ちなさい」

「ありがとうございます」

礼を言って立ち上がった遼河を、聖弦皇帝が柔らかな笑みを浮かべて見つめてくる。

見れば見るほど端整な顔立ちだ。

黒曜石を思わせる力強い瞳で直視されると、なぜか恥ずかしくなってくる。

「そなたのほうからわざわざ会いに来ずとも、夜になれば宮でいくらでも二人きりで話などできるだろうに」

聖弦皇帝が意味ありげに唇の端を引き上げた。

才人に封じたその日に、彼は夜伽の相手にするつもりだったのだ。

早く勅命を取り下げてもらわないと大変なことになる。

「そうではなくて……」

「うん？」

「私は妃になりたくなどありません。皇子のお世話をずっと続けたいのです」

遼河がきっぱりと言い放つと、首を傾げていた彼が驚いたように目を瞠った。

「なんと、妃になりたくないというのか？」

威風堂々とした聖弦皇帝から解せないといった強い視線を向けられ、気を張っていた遼河もにわかに怯んでしまう。

「その……とても光栄なことではありますが、私がいなくなれば皇子たちがお寂しい思いをなさるかと……」

「皇帝である私に愛でられるのを拒絶するとは、なんとも珍しい女子《おなご》もいるものだ」

彼は信じられないと言いたげに笑って肩をすくめたが、その気持ちは理解できる。

女性なら誰もが妃に憧れるだろう。

豪華な宮を与えられ、煌びやかな衣裳や装飾品を身につけ、贅沢に過ごす日々を拒むわけがないからだ。

「申し訳ありません……私は皇子たちのことが、ただただ心配で……」

他に理由にできることがないから、ひたすら皇子たちをダシにするしかない。

望みはただひとつ、勅命を取り下げてもらうことだけなのだ。

「そなたは優しいのだな」

「勅命を取り下げていただけますか？」

彼の和らいだ表情を目にして、少し期待に胸が膨らんだ。

彼にとっても二人の皇子はたいせつな弟のはず。

聞き入れてもらえるかもしれない。

「取り下げるまでもないだろう」

「えっ？」

「後宮で暮らす妃嬪はみな退屈しているようだ。才人となっても皇子たちの世話をすることを許そう」

自らの思いつきに満足したのか、聖弦皇帝が満面に笑みを浮かべた。

（そんなぁ……）

期待に膨らんだ胸がシュッとしぼんでしまった。

どうあっても遼河を妃にするつもりでいるらしい。

他に打つ手はないだろうか。

必死に考えを巡らせるが、なにも浮かんでこない。

皇帝を説き伏せられなければ、もうお手上げだ。

「不服か？」

「い……いえ……」

ここはいったん引き下がるしかないと諦め、小さく首を横に振ってみせた。

「ちょうどよい、これから〈淑徳殿〉を訪ねるつもりだったのだ。そなたも一緒に来るがいい」

遼河の肩に手を回した聖弦皇帝が、当たり前のように抱き寄せてきた。

衣裳を纏っているとはいえ、男性に身を寄せたことなどないからなんとも気恥ずかしい。

けれど、遼河を女性と信じて疑わない彼に、正体を悟られるようなことがあってはならないから、しっかりしろと自らに強く言い聞かせる。

「そなたは泳ぎが得意なのだな」

長い階段をのんびりとした彼の足取りに合わせて下りていた遼河は、思いがけない言葉に心臓が止まりそうになった。

まさか池で水浴びしているのを、知らぬ間に彼に見られていたのだろうか。

（まさか男だってばれてる？）

鼓動が信じられないくらい速くなっている。

下手に質問をすれば墓穴を掘りかねない。

ここは、とりあえずとぼけたほうがよさそうだ。

「ど……どうしてそんなことを？」

「実はそなたが池で泳ぐ姿を見たのだ。月明かりの元で泳ぐそなたは、まるで人魚のごとく美しかった」

「それで私を？」

腕に抱かれたまま歩みを進める遼河は、驚いた顔で彼を見上げた。

「ああ、そなたをそばに置きたいと思ったのだ。後宮には数多《あまた》の妃がいるが、私自身が選んだ妃はそなただけなのだぞ」

甘い声音が耳をかすめていく。

まるで遼河が特別な存在とでも言いたげだ。

(なんか本気みたいだけどどうしよう……)

見惚れるほど格好いい一国の皇帝に好かれて悪い気はしないけれど、好意に応えられないからほとほと困る。

「そなたと池で泳ぐのも楽しいかもしれない」

「と、とんでもない。皇帝陛下が池で泳いだりしたら、みなが慌てますからやめてください」

冗談には聞こえなかったから、遼河は本気で阻止した。

彼がひとりで泳ぐというならべつに止めはしない。

けれど、一緒にと言われたら同意はしかねる。

一糸纏わぬ姿を彼の目にさらすわけにはいかないからだ。

「みな慌てる？　なぜだ？」

眉根を寄せた彼が、顔を覗き込んできた。

彼が納得してくれそうな理由を、懸命に考える。

「それは……その……池の藻に足を取られて溺れる可能性だってあるし、水に浸かったりしたら風邪を引くかもしれません」

「なるほど、一理あるな」

苦し紛れに思いつきを口にしたに過ぎないけれど、どうにか納得してもらえたようで胸を撫で下ろした。

ひとまず裸になる状況は避けられたが、妃になった以上、夜伽は避けられない。

こちらのほうが難題だ。

「リョウガー！」

間もなく〈淑徳殿〉というところで大きな声が聞こえ、聖栄が門から飛び出してきた。

勝手な自分の都合で待たせてしまった申し訳なさから、そっと聖弦皇帝の腕から逃れて聖栄に歩み寄る。

「聖栄皇子、いきなり走ったりしたら危ないですよ」

走ってきた勢いそのままにまとわりついてきた聖栄を、遼河は優しく諭す。

「どこ行っていたの？」

遅れて門の外に出てきた聖応が、上目遣いで見てくる。

寂しい思いをさせてしまったようだ。

「陛下にお話があったんです」

「もう遊べる？」

簡単に説明したけれど、彼らにとって理由などどうでもよく、ただ遊びたいだけらしい。

手を繋いできた二人の皇子が、早く行こうとばかりに遼河を引っ張ると、聖弦皇帝が軽く咳払いをした。

「リョウガと遊ぶ前に、おまえたちに話がある」

「なんですか？」

その声に向き直った皇子たちが、同時に兄を見上げる。

「リョウガは今日から才人として別の宮で暮らすことになる」

「えーっ、もうリョウガと遊べないんだ……」

二人が同時に肩を大きく落とす。

皇子たちはまだ三歳と四歳ではあるけれど、すぐに兄の言葉を理解したようだ。

遼河が才人になってしまえば、もう遊び相手になってもらえない。

寂しげな様子に胸が痛み、遼河はすぐさま二人の前に跪く。

「大丈夫ですよ。陛下から〈淑徳殿〉に伺ってもよいとお許しをいただけたので、これまでのように遊べますよ」

「よかったー」

皇子たちの表情がパッと明るくなった。

こんなにも懐かれてしまったら、いざというときに離れがたくなってしまいそうだ。

「兄上、一緒に蹴鞠をしましょう」

「ああ」

弟から誘われてうなずいた聖弦皇帝は、これまでになく嬉しそうな顔をしている。

歳の離れた弟たちを、彼はとても気にかけているようだ。

彼は遼河を才人に封じながらも、皇子たちの世話を任せてくれた。

それは、遼河を奪ってしまうと皇子たちが悲しむと思ったからに違いない。

聖弦皇帝は根が優しい人なのだろう。

「リョウガー、早くー」

考え事をして遅れを取った遼河は、急ぎ足で〈淑徳殿〉の庭に向かう。

相手は幼い皇子たちなのに、聖弦皇帝は真剣そのものだ。

鞠を追いかける皇子たちも、これまでになくやる気満々だ。

「リョウガも蹴鞠をするのか？」

当たり前のように仲間に加わると、聖弦皇帝が驚きの顔で見つめてきた。

「はい、得意なんです」
にっこり答えると同時に鞠を蹴る。
中国の歴史書に蹴鞠についての記述は多々あるのだが、詳細までは覚えていなかった。
とはいえ、少人数で遊ぶだけだからルールなど知らなくても事足りる。
とにかくみんなで鞠を蹴り合えばいいのだ。
「あっ、すまない」
聖弦皇帝が蹴った鞠が遠くへと飛んでいく。
力加減を間違ったらしく、申し訳なさそうに苦笑いを浮かべている。
「取ってきますね」
庭の植え込みあたりに落ちた鞠を、遼河は率先して探しに行く。
皇子付きの女官のままだったら、どんなに気楽で楽しく過ごせただろうか。
夜伽を命じられる前に、北斗が口にした特別な星が現れてくれるのを願うしかない。
(もし間に合わなかったら……)
今夜にでも夜伽を命じられてしまったら、聖弦皇帝から逃れる手はない。
北斗が皇后を召喚しようとしていたことを、皇帝である彼が知らないとは思えない。
間違えて召喚されてしまったのだと、いっそ正直に打ち明けてみようか。

（でも……）

命に関わることであるから、他言無用と北斗に釘を刺されているのだ。

よくよく考えれば、命がないのは北斗であって、自分に害はないような気もする。

そもそも、遼河は勝手に召喚されただけであって、なにも悪いことはしていないのだ。

才人に封じたのが男だとわかれば、聖弦皇帝も諦めてくれそうだが、事実を伝えたことで北斗の命が奪われるのは後味が悪い。

「リョウガー？　鞠が見つからないのー？」

遠くから聞こえてきた聖応の声に、物思いに耽《ふけ》っていた遼河はハッと我に返り、あたりを見回す。

「ありましたよー」

幸いにもすぐに見つかり、鞠を拾い上げる。

「はぁ……」

どれほど考えたところで、夜伽から逃れる手立てなど思いつくはずもなく、諦めの境地で大きく息を吐き出した遼河は、鞠を抱えて植え込みを出て行った。

第五章

才人に封じられた遼河が〈長秀宮《ちょうしゅうきゅう》〉に移って三日になる。

新たに与えられた衣裳を身に纏い、薄化粧を施している。

妃の中でも位が低いため、宮は思いのほかこぢんまりとしていて装飾も控えめだが、窓からの眺めもよく居心地は悪くない。

衣裳は一段と艶《あで》やかになり、薄衣を何枚も重ねた上に、華やかな刺繍が施された長い上衣を羽織っている。

袖口が大きく開いていて、裾を引きずるほど丈が長いから、とても動きにくい。

妃が纏う衣裳は、働くために仕立てられていないのだと実感する。

皇子たちの遊び相手になれるのは、昼餉から昼寝までのあいだで、それ以外はこれといってすることもない。

宮付きの若い女官が二人と宦官がひとり配置され、いままでの世話をする立場から、される立場へと変わったので、なおさらすることがないのだ。

この宮に移ってから、一度も聖弦皇帝に会っていない。

幸い夜伽の相手に選ばれることもなく、退屈ながらも無事に過ごしていた。

「星読みがいる宮ってどのへんなんだろう……」

窓際の椅子に腰掛け、女官が淹れてくれた茶を啜《すす》りながら夕焼けを眺めていた遼河は、ふと北斗のことを思い出した。

あの日以来、まったく音沙汰がなく、いつ元の世界戻れるのか見当もつかない。

会いに行くにしても、城内があまりにも広すぎて、いまとなっては彼の宮がどこにあるのかすらわからないのだ。

「ぐずぐずしてたら夜伽させられそうだし……」

夜伽の問題さえなければ、もう少しこちらの世界を楽しみたい気持ちもあるのだが、そうも言っていられない状況だ。

「陛下のおなりー」

突如、響いた宦官の声に、遼河はビクッと肩を震わせた。

いつどこに行こうが皇帝の意のままなのだろうが、なんの前触れもなく現れられてはおおいに驚くし、なにより慌てる。

（どうしよう……）

夕刻に姿を見せたということは、ついに観念するときが来たということか。

泣き出したい気分だったけれど、グッと涙を堪えて椅子から立ち上がり、衣の裾を手早く整える。

「リョウガ、そなたと食事がしたくて夕餉《ゆうげ》を用意した」

ずんずんと部屋に入ってきた聖弦皇帝が、跪こうとした遼河の手を取ってきた。

「堅苦しい挨拶は無用だ」

「はい」

真っ直ぐに見つめてくる彼にキュッと手を握られ、わけのわからない羞恥を覚えて思わず目を逸らす。

「美しく着飾っても、やはりそなたは可愛いな」

肩を抱き寄せられ、円卓のある別室へと導かれる。

贅沢な彫刻が施された白玉の円卓に、幾つもの皿が並べられている。

肉、魚、野菜、果物など彩り豊かな料理が盛りだくさんだ。

傍らには黄金色の酒器が一揃い添えられている。

これほど贅沢な食事は、こちらの世界に来て初めて目にした。

「さあ、かけて」
優しく彼に促され、椅子に腰掛ける。
彼はさりげなく人払いをすると、遼河の真向かいの席に座った。
向き合って座っただけで、ただならない緊張に襲われる。
(なんだろう……)
聖弦皇帝を直視することができない。
目が合ってしまうことを、無意識に恐れているかのようだ。
「まずは乾杯だ」
自ら酒器を手に取った彼が、二つの盃を満たしていく。
酒はあまり強くないけれど、手を付けないのは失礼だろう。
「可愛いそなたに」
彼が盃を掲げる。
目の前に置かれた盃を両手で取り上げ、控えめな目線を彼に向けた。
真顔で「可愛い」などと言われると照れくさくてたまらない。
微笑んだ彼が一気に盃を呷《あお》る。
端整で凛々しい顔に目を奪われた。

自分とは正反対の顔立ちに憧れる。

（ホントに格好いい……）

豪快な呑みっぷりに感心しつつ、遼河は袖で口元を隠しながら酒をペロリと舐めた。

中国の酒を呑むのは初めてだったけれど、ほんのりとした甘みがあり、あまり強くないように感じる。

呑む際に口元を衣の袖で隠したのは、映画やドラマで見た酒席のシーンが脳裏に浮かんだからだった。

けれど、いくら作法を真似て女性らしく振る舞ってみせたところで、このままではいずれ男とばれてしまうのだから意味がなさそうだ。

このあとのことを考えれば考えるほど憂鬱になり、美味しそうな料理を前にしても、まったく食欲が湧いてこない。

「そなたが来てから、弟たちの聞き分けがよくなったような気がする」

そんなことを言いながら箸を取り上げた聖弦皇帝が、料理の皿に手を伸ばす。

野菜炒めのようなものを少し摘まみ、無造作に口に運ぶ。

相変わらず食欲が湧かない遼河は、箸を取る気になれなかった。

「お目にかかったときから、お二人ともいい子でしたよ」

「よほどそなたを気に入ったのだろうな。これまで何人の女官が辞めたことか」

「そうなんですか？」

呆れ気味に笑った彼を、解せない顔で見返す。

彼は空の盃に自ら新たな酒を満たし、またしても一気に呷った。

「聖栄は人見知りが激しく、いまだ乳母でさえ手を焼いている。聖応は活発すぎてこれまでの女官では手に負えなかったのだ」

「私はちょっとがさつなところがあるから、ちょうどいいのかもしれません」

説明を聞いてなるほどと納得した。

遊びたい盛りの幼い男の子を相手にするのは、確かに女性では大変かもしれない。

女官たちとさして体型が変わらないとはいえ、体力的なことでいえば二十歳を過ぎた男である遼河とは差があるのだろう。

遼河は小学校高学年の頃から中国の歴史書を読み漁り、中学生になると中国語の勉強に時間を割くようになった。

そうした話をするとオタク扱いされてしまうのだが、中学から高校までずっと軟式テニスのクラブ活動を続けていた。

ひ弱な運動音痴のように見られがちだが、幼稚園のころから活発でべつに運動が嫌いというわけではないのだ。

「そうだな、蹴鞠が上手い女官に出会うのは私も初めてだ」

「身体を動かすのが好きなんです」

酒を呑み、料理を口に運ぶ聖弦皇帝に微笑んでみせる。

どちらかというと酒がメインのようだが、料理も満遍なく食べていた。

皇帝のために用意された夕餉だから、きっと好きな食べ物ばかり並んでいるのだろう。

(美味しそうに食べるなぁ……)

彼が食べる様子を眺めていたら、にわかに食欲が湧いてきた。

「どうした？」

知らぬ間に不躾《ぶしつけ》な視線を向けていたようで、聖弦皇帝が眉根を寄せて見つめてくる。

「あっ……あの、これはどういった料理なのでしょうか？」

遼河は目の前の皿を指差し、咄嗟に誤魔化した。

まさか見惚れていたとも言えない。

「それは鴨の肉を一晩かけてじっくり煮込んだものだ。蕩《とろ》けるような食感で美味いから食してみろ」

彼が説明をしながら、肉料理を遼河の前に置かれた小皿に取り分けてくれる。

皇帝の手を煩わせるなど恐れ多いことだけれど、彼のさりげない気遣いが素直に嬉しく感じられた。

「いただきます」

一礼した遼河は、さっそく箸を手に取り鴨肉をつまむ。

こってりとした飴色で、とても濃厚な香りが鼻を擽《くすぐ》る。

口に含むと、本当に蕩けるように柔らかかった。

「どうだ？」

「とても美味しいです」

興味津々といった顔をしている彼に、満面の笑みで答えた遼河は、もう一口、鴨肉を味わう。

美味い料理を食べると、それだけで気分がよくなる。

つい先ほどまであれこれ悩んでいたのが嘘のようだった。

「それも同じ鴨の肉だが燻製《くんせい》にしてある。野菜とともに饅頭に挟んで食べると美味いぞ」

聖弦皇帝が別の皿を指し示し、食べ方を教えてくれる。

饅頭に挟むということは、手掴みでいいのだろうか。

膳房に仕える女官たちは普通に手に持った饅頭に齧《かじ》り付いていたけれど、皇帝の妃がそんなはしたないことをするとは考えにくい。

先に手本を見せてほしいところだが、さすがに皇帝に頼むわけにはいかない。

どうしたものかと迷っていたら、彼が湯気の立つ饅頭を手で掴んで自分の取り皿に置いた。

これ幸いと、遼河は彼の真似をする。

彼は饅頭を二つに割り、片方に鴨の燻製肉と野菜を載せ、もう片方で挟んだ。

手作りのハンバーガーといったところだ。

ほぼ同時に完成し、顔を見合わせつつ饅頭にかぶりつく。

自分が美しく着飾っていることなど、とうに忘れてしまっている。

蒸したてでもっちりとした饅頭に、噛み応えのある燻製の鴨肉とシャキシャキの野菜が見事に融合していた。

「美味いか？」

「はい」

あっという間に食べ終えた遼河は、手巾で口元を拭いながら大きくうなずき返す。

「遠慮せずに酒も呑むといい」

満足げに微笑んだ聖弦皇帝が、遼河の盃を満たしてくれる。

甘みのある酒が料理に合いそうな気がし、クイッと盃を傾けた。

（あっ……）

口元を衣の袖で隠すのを忘れたけれど、大口を開けて饅頭に齧りついたのだから、いまさら淑《しと》やかぶったところでしかたない。

盃が空になると、すぐに彼が酒を満たしてくれる。

「遠慮なく呑むがいい」

「ありがとうございます」

あまりたくさん呑まないほうがいいのだろうが、聖弦皇帝との気取らない食事がなんだか楽しくて勧められるまま喉に流し込む。

(こんな美味しい中華料理って初めて……)

味わっていない料理が、まだまだたくさんある。

次はどれにしようかと目移りしていた遼河は、ふと彼の視線に気づく。

「な……なにか?」

「そなたはなぜ髪を伸ばしていないのだ?」

不思議そうな顔で見つめられ、にわかに鼓動が速くなる。

いままで誰にも指摘されなかった。

それなのに、こともあろうに皇帝が言及してきたのだから慌てる。

「その……山で畑仕事をするのに髪が邪魔で……」

納得してくれそうな理由が、他になにも思いつかなかった。

ただ、山村で暮らす若い女性なら、髪の短い子もいるような気がしたのだ。

「そうか、苦労をしたのだな」

「苦労だなんて……このままだとまずいでしょうか？」

遼河はとんでもないと首を横に振り、恐る恐る髪について訊ねた。

忙しくしている女官ならまだしも、艶やかに着飾っている妃が髪を結っていないと、さすがに格好がつかないかもしれないと考えたのだ。

「いや、可愛らしくて私は気に入っている。ただ、髪を垂らしている女官を見たことがなかったので不思議に思っただけだ」

彼が気にするなと笑う。

現状維持を許され、遼河はほっと胸を撫で下ろした。

後宮には厳しいしきたりがあるはずだが、髪型に決まりはないのだろうか。

ただ、「結え」と言われたところで、いまは無理難題でしかないから救われた気分だ。

「そなた弓を射たことはあるか？」

「弓、ですか？」

俄然《がぜん》、食欲が湧いてパクパクと料理を食べていた遼河は、思わず箸を止めて彼を見返した。

「明日は弟たちに弓を教えることになっているのだが、そなたも一緒にどうだ？」

「弓など手にしたこともないのに無理ですよ」

誘ってくれるのは嬉しかったけれど、さすがに弓ともなると未知の世界であり、遠慮するしかない。

「いやいや、そなたには素質があるように思うぞ」

「でも、私などお邪魔になるだけかと」

「ここだけの話だが、聖栄と聖応は馬はなんなく乗りこなすのだが、なぜか弓だけは上達しないのだ」

声を潜めて言ったかと思うと、聖弦皇帝は悪戯《いたずら》っぽく笑った。

「そうなんですか？」

「上手く射ることができないからか、彼らは弓の稽古が楽しくないようなのだ」

「私がいれば稽古に身が入ると？」

自分を誘う理由が解せずに遼河は首を傾げる。

「二人ともまだ幼いとはいえ男なのだから、大のお気に入りのそなたに、いいところを見せたくなるだろう？」

「なるほど」

ようやく意図が読み取れ、納得の笑みを浮かべた。

目の前に人参をぶら下げて、皇子たちのやる気を引き出すつもりなのだ。

親子と間違うほど歳の離れた兄として、できるかぎりのことをしてやりたいのだろう。

皇帝としての威厳を漂わせながらも、穏やかで優しい彼は、誰よりも弟思いだ。

そうそう事が上手く運ぶとは思えないけれど、少しでも聖弦皇帝の役に立てるなら嬉しい。

「一緒に来るか？」

「はい、お供させていただきます」

迷うことなく答えたものの、急な眠気に襲われた遼河は慌てて欠伸《あくび》をかみ殺す。

料理と酒があまりにも美味いから、いい気になって呑みすぎてしまったようだ。

彼は酒を注いでいる最中だったから、こちらに目を向けていなかった。

見られずにすんだのは幸いだ。

皇帝の前で欠伸をするなど許されるはずがない。

しっかりしなければと、静かに息を吐き出す。

（ああ、ダメだ……）

醜態を晒すわけにはいかないのに、強烈な眠気から逃れられそうにない。

どれほど頑張っても瞼《まぶた》が下りてきてしまう。

ついには、かくんと項垂れてしまった。

「リョウガ？　リョウガ？」

聖弦皇帝の声が遠くに聞こえる。

きちんとしなければ。

早く返事をしなければ。

けれど、睡魔に襲われた遼河は、項垂れたまま深い眠りに落ちていった。

＊＊＊＊＊

寝台の端に腰掛けている聖弦皇帝は、すやすやと眠る遼河の寝顔を眺めていた。

食事の途中で寝てしまった遼河を寝台まで運んでから、小一時間が過ぎている。

気持ちよさそうな寝息を立てていて、いっこうに目を覚ます気配がない。

「なんと可愛い寝顔だろうか……」

遼河の額にかかる黒髪をそっと掻き上げる。

頬と目元がほんのりと赤く染まっていた。

化粧ではなく、酒のせいだろう。

「酒に酔って寝てしまう妃など初めてだ」

あどけない寝顔に、自然と顔が綻ぶ。

皇帝である自分に臆することなく、ともによく食べ、よく呑んだ証だから、怒る気持ちなどまったく湧いてこない。

それどころか、男子のように食欲旺盛で、見ているこちらまで気分が爽快になった。

食事はひとりで食べることが多く、会話をする相手もいないから、どれほど料理が美味くても楽しむ余地がない。

遼河と食事をする楽しさを知ったいま、ひとりで食べるのが恐いくらいだ。

三度の食事をともにできたら、どれほど満たされるだろうか。

「うん……」

遼河が小さな声をもらして寝返りを打つ。

警戒心のかけらもない。

「リョウガ……」

触れたい衝動に駆られ、投げ出されている脚にそっと薄衣の上から触れる。

「いや……急ぐことはない」

すぐに手を引く。

才人に封じたのは、もちろん妃として愛でたいからだ。

いますぐにでも抱きたい気持ちはあるが、そのために酔って寝ている遼河を起こすほど野暮ではない。

「陛下、オウ貴妃がお見えです」

「ギンレイが？」

音もなく現れた陽琳の報告に、聖弦皇帝は厳しい顔つきで寝所を出る。

いま現在、後宮で最高位にいるのが貴妃に封じたオウ・ギンレイだ。

後宮には何人もの妃嬪が暮らしているが、自ら選んだ者はひとりもいない。

跡継ぎを望む臣下たちに押し切られ、大臣や豪族たちの娘をしかたなく入内《じゅだい》させた。

皇后の座を空けたままにしているのは、星読みの助言により相応しい女性が現れるのを待っているからだ。

けれど、皇后の座が空いているのに、それを数多の妃嬪が見過ごすわけもなく、あわよくば己が座ろうと策を講じてくる。

その筆頭にいるのが貴妃のギンレイであり、皇后には自分こそが相応しいと言ってのけるほどの厚かましさだった。

「陛下に拝謁いたします」

隣室で待っていたギンレイが、恭しく片膝をついて深く頭を下げた。

贅の限りを尽くした装いで、強い香りを纏っている。

高く結い上げた黒髪には、翡翠や真珠をたっぷりとあしらった黄金の髪飾りが、数え切れないほど挿してあった。

宮中一の美しさは認めるところだが、傲慢なほどの気高さは類を見ず、聖弦皇帝は好ましく思っていない。

「楽にしろ」

「恐れ入ります」

許しを得たギンレイが、その場にすっと立ち上がる。

「才人の宮を陛下自らお訪ねになるなど珍しいこともありますのね」

にこやかながらも、その口調は嫌みたっぷりだ。

最高位の貴妃でありながら、長らく夜伽の相手に選ばれないことを根に持っているのだ。

「そなたこそ、このような夜更けになにをしに来た？」

「リョウガ才人は封じられて間もないとはいえ、いまだわたくしのところに挨拶にも参りませんので、心配をして訪ねてきたのです」

毒々しいほどに赤い紅を差した唇の端が、最後にクッと上がる。

最高位の貴妃としては、新入りの妃が挨拶に来ないのが気に入らないということらしい。

「まだ後宮のしきたりがよくわかっていないのだろう。私から挨拶に行くよう伝えておく」

「せっかくこちらまで参ったのですから、わたくしからご挨拶をさせていただきますわ。リョウガ才人はどちらに？」

ギンレイがわざとらしく寝所に目を向ける。

皇帝の言葉に耳を貸さない傲慢さに、怒りが沸々と湧いてきた。

「奥で休んでいる。邪魔をしてはならぬぞ」

厳しい口調で命じると、さすがにギンレイもキュッと唇を噛んだ。

「まだなにかあるのか？」

「いえ、失礼いたします」

澄まし顔で一礼したギンレイが、さっと背を向けて部屋を出て行く。

腹を立てていることを隠しもしない憎々しげな態度に、貴妃の位を剥奪したくなる。

けれど、過ちを犯さない限り罰を下すことはできないのだ。

皇后の座に執着しているギンレイは、ある意味、鬱陶しい存在だ。

だからこそ、吉の星が告げた皇后を早く迎えたい思いがあった。

「凶の星……」

北斗が口にした言葉が脳裏に浮かぶ。

吉の星が告げた皇后は、凶の星によって妨げられた。

「リョウガ……」

生まれて初めてときめきを覚え、愛おしさを感じた遼河こそが皇后に相応しいのではないだろうか。

凶の星が現れたのと同じくして、遼河と出会ったことにこそ意味があるのだ。

「しかし……」

富弦国の代々の皇后はみな星によって告げられた女性で、皇帝が自らの意思で迎えた者はひとりもいない。

長い歴史を経てきた慣例を、自分が破ってしまっていいものだろうか。

「いや……リョウガしかいない」

ともに食事をしたことで遼河に対する己の気持ちを確信した聖弦皇帝は、遼河を皇后として迎えようと決意する。

皇后は富弦国を統べる皇帝の生涯の伴侶であり、心から愛する者こそが相応しいと思うからだ。

星読みや重臣たちを納得させるのは大変かもしれないが、遼河以外の皇后が考えられない聖弦皇帝は、より決意を強くしていた。

第六章

朝になって〈長秀宮〉の寝所で目覚めた遼河は、寝台に横たわったまま呆然としていた。

記憶を辿《たど》るまでもなく、昨夜のことは鮮明に覚えている。

酒に酔ったあげく、あろうことか聖弦皇帝の前で椅子に腰掛けたまま寝落ちしてしまったのだ。

「運んでくれたのは陛下なのかなぁ……」

さすがに寝てしまっていたから、彼が自ら寝所まで運んでくれたのか、宦官や女官に任せたのかは定かではない。

ただ、どちらにしても無防備な姿を晒したことには違いなかった。

幸いなことに、寝所に運んでそのまま寝かされたようで、多少は乱れているものの艶やかな衣裳を身につけたままだ。

夜着に着替えさせられていたら、正体がばれてしまうところだった。

「でも……」

仮に聖弦皇帝が抱き上げて運んでくれたのだとしたら、彼はなにか察したかもしれない。

見た目は上手く誤魔化せても、その手で触れられてしまえば男女の違いに気づかれることもあるだろう。

「まずい……でも、でも……」

寝台を下りた遼河は、乱れた衣の襟や裾を上の空で整え、高い天井を見つめる。

冷静に考えるのだと、自らに言い聞かせた。

「きっと、まだばれてない……」

遼河が男だとわかったなら、聖弦皇帝が黙っているわけがない。

その場で目を覚まさせ、問い詰めてきたはずだ。

寝台に寝かされたままだったのだから、彼はまだ気づいていないのだ。

「ふぅ……」

胸に渦巻いていた不安が解消され、遼河は大きなため息をもらした。

「ここにいたら、ばれるのも時間の問題だよなぁ……」

今回は、たまたまばれずにすんだだけのこと。

妃として後宮にいる以上、いずれ夜伽を命じられるときがやってくる。

聖弦皇帝に正体を知られる前に、できれば元の世界に戻りたい。

「北斗に相談してみるしかないかな……」

「リョウガさま、お目覚めですか？」

遼河が寝台に腰掛けて沓《くつ》を履いていると、寝所の入り口から女官を声をかけてきた。

「ええ」

「朝餉はいかがなさいますか？」

「昨夜のお酒が残っていて食欲がないから、やめておくわ」

沓を履き終えて寝台から立ち上がり、伏し目がちに立っている女官に歩み寄る。

「お出かけでございますか？」

「散歩をして、そのまま〈淑徳殿〉に寄るつもりよ」

「はい」

一礼した女官を残して寝所をあとにした遼河は、そのまま〈長秀宮〉を出て行く。

位の高い妃たちが出歩くときは、何人もの女官や宦官を従えている。

それは当たり前のことであり、貴妃や淑妃などがひとりで城内を歩いていたら、かえって周りが疑念を抱いてしまう。

同じ妃であっても、下位の才人はある程度、自由な行動が許されていた。

二人の皇子に会うため〈淑徳殿〉に行くときも、女官や宦官が同行することはなかった。

「膳房の近くだと思うんだけど……」

女官の格好で星読みが暮らす宮から放り出されたときのことを、遼河は必死に思い出す。右も左もわからない状態であてもなく歩き、どうしたものかと途方に暮れているとき、メイメイが声をかけてくれた。

あのときは、ただ辺りをうろうろしていただけで、さほどの距離は歩いていなかったようにも思える。

膳房まで行って景色を見渡してみれば、なにか気づくことがあるかもしれない。

庭園を散歩しながら、そんなことを考えていた遼河は、見覚えのある姿を目にしてパッと顔を綻ばせた。

「メイメイ！　メイメイ！」

なんという偶然だろうか。

まさかここでメイメイに出会うとは思ってもいなかった。

「リョウガ……」

振り返ったメイメイが駆け寄ってくる。

「どうしたのその格好？」

「えっ？」

「皇子付きの女官になったたって聞いたけど、まるで妃嬪みたい」

一歩下がったメイメイが、驚きの顔で遼河を眺めてきた。

どうやら、彼女は遼河が才人に封じられたことを知らないようだ。

ここ数日のあれこれは、遠く離れた膳房にまで聞こえていなかったのだろう。

「実は……」

「なあに？」

「ついこのあいだ、才人に封じられたの」

「えーっ！　すごーい！　おめでとう」

満面に笑みを浮かべたメイメイは、心から祝ってくれているようだ。

下位の妃とはいっても、膳房で働いていた女官としては異例の出世だろう。

妬まれてもしかたないと思っていたから、自分のことのように喜んでくれたメイメイを見て安堵した。

「陛下に見初められるなんて、羨《うらや》ましいわー」

「たまたまよ。そんなことより、メイメイは星読みさまが暮らしている館がどこにあるか知ってる？」

聖弦皇帝とのことをあれこれ聞かれたくない思いがあり、遼河は早々に話題を変えた。

「星読みさまの館？」

「そう、星読みさまの」

「どうしてそんなことを訊くの？」

眉根を寄せて見返してくるメイメイは、かなり訝しがっているようだ。

いきなりすぎたかもしれないと後悔したけれど、あまり時間がない遼河は彼女が納得してくれそうな言い訳を考える。

「いきなり才人になったりしたから、これからのことが少し恐くなって、星読みさまに占ってもらいたいなって……」

「星読みさまに会えるのは皇族だけだもの、占ってもらうなんてできないわよ」

彼女は無理だと言いたげに、顔の前で片手を振った。

「そうなんだ……でも、お願いしてみなければわからないでしょう？　行ってみるから館の場所を教えてくれない？」

「もう……」

遼河の押しの強さに負けたのか、彼女が大きなため息をもらす。

「私に聞いたって誰にも言わないでよ」

「もちろん、内緒にするわ」

釘を刺されてすぐに大きくうなずき返すと、彼女は星読みが暮らす館までの道筋を丁寧に教えてくれた。

「ありがとう、メイメイ。恩に着るわ」

笑顔で礼を言った遼河は、急いでその場を離れる。

教わったとおりに足を進めると、前方に青々とした葉を茂らせた無数の大木が見えてきた。

その中にひときわ大きな木が見える。

「銀杏の大木……あれが〈星流閣〉かぁ……」

さらに歩みを進めると、塔のような建物が木々の中に現れた。

まるで尖塔が木々の枝に突き刺さっているかのようで、他の宮や殿とは異なる独特の雰囲気がある。

女官の格好をさせられ外へと追い出されたあの日、振り返ることなく歩き始めてしまったから、初めて目にする〈星流閣〉の重厚さに圧倒された。

念のためあたりを見回してみたけれど建物の近くには誰もおらず、遼河はぴたりと閉じられている大きな扉に向かう。

「あれ？　開かない……」

押しても引いても扉は動かないが、かすかに金属音が聞こえる。

中から鍵がかけられているようだ。

留守なのだろうか。

「そんなはずない」

鍵は中からかけられているのだから、館には誰かしらいるはずだ。

「北斗さーん、いないんですかー？　リョウガですよー、開けてくださーい」

扉を叩きながら呼びかけ、耳を澄ませてみたが反応はなかった。

ここまで来たのに、北斗に会わずに帰るわけにはいかない。

ここに来られる機会が、またあるかどうかすらわからないからだ。

「開けてくれないと、召喚に失敗したこと陛下にばらしちゃいますよー」

どうあっても北斗に会いたい思いから脅迫めいた言葉を口にすると、ガチャガチャと鍵を開けるような音が扉の向こうから聞こえてきた。

「やっぱり、いたんだ」

扉にへばりつくようにして立っていた遼河は、少し下がって北斗が現れるのを待つ。

鈍い音とともに、扉が少しだけ開く。

「どうしてここに来たりしたのですか？」

「話があるからにきまってるでしょ」

「早く中へ」

迷惑そうな顔をしながらも追い返せないと思ったのか、腕を掴んできた北斗に館の中へと引き込まれる。

遼河の腕を放した彼がすぐさま背を向け、扉を閉めて鍵を掛けた。

館の中には、見たことがない景色が広がっている。

書物や絵が床に散らばっていて、雑然としている。

正面に見える座卓には、図面のようなものが広げられていた。

間違って召喚されて辿り着いたあの部屋は、別の場所にあるようだ。

「話とは？」

座卓を前に正座をした北斗が、神妙な面持ちで見上げてくる。

「僕が才人に封じられたの知ってますか？」

「才人に？」

初耳だったのか、彼がパッと目を瞠った。

「だから、とーってもまずい状況なの、わかる？　陛下に男だってばれる前に、元の世界に戻してもらわないと大変なことになるよ」

「そう言われましても……」

「皇后の召喚に失敗したって陛下に知られたら、北斗さんの立場だって危うくなるんじゃない？」

言葉に詰まった北斗に、簡単に引き下がるつもりがない遼河はズイッと詰め寄る。

皇帝の信頼を得ているであろう星読みが、間違いを犯したともなれば大事のはず。

痛いところを突かれたらしい北斗が、肩を大きく上下させて息を吐き出した。

どうやら決心がついたようだ。

「わかりました」

「元の世界に戻してくれるんだね？」

「ここですぐにというわけにはいきませんが、城外に腕の立つ弟子がおりますので、リョウガさまを元の世界に戻すよう頼みましょう」

「城の外になんて出られないよ」

喜んだのも束の間、とうてい無理だとわかる話をされ、遼河はがっくりと肩を落とす。

下働きの女官ならいざ知らず、仮にも皇帝に封じられた妃なのだから、そうそう簡単に城外に出られるわけがないのだ。

「夜明け前であれば警備の手も薄くなりますので、抜け出すことができるかと」

そう言うなり目の前に紙を用意した北斗が、座卓に置かれた筆を取り上げた。

「少々、お待ちください」

彼がなにやら紙にしたためていく。

遼河からは距離があり、文字を読むことはできなかった。

一気に書き上げた彼は墨が乾くのを待って折りたたみ、小ぶりの状袋に入れて封をする。

「二日後の夜明け前、〈臨正門《りんしょうもん》〉から少し離れた場所に馬車を用意します。行き先は御者に伝えておきますので、リョウガさまは黙ってお乗りになってください」

遼河が取るべき行動を説明した彼が、状袋を手に立ち上がって座卓を回り込んできた。

二日後とは思いのほか早い。

あまりにも急すぎて、心の準備をする間もなさそうだが、そんなことを言っている場合ではなかった。

「二日後の夜明け前、〈臨正門〉のところで馬車に乗る、で合ってる?」

「はい。それから、到着しましたらこれを弟子にお渡しください」

北斗が状袋を差し出してくる。

きっと、中には弟子宛ての依頼書が入っているのだろう。

命の次に大事なものだと考え、遼河は受け取った状袋を襟の合わせに深く差し入れた。

「本当にそのお弟子さんなら大丈夫なんだよね？」

「はい。ただし、弟子がこの術を使えるのは一度きりです」

「一度きり……」

彼の言葉が重くのしかかってくる。

失敗は許されないのだ。

「私のせいでリョウガさまにご迷惑をおかけしたこと、申し訳なく思っております。もうお目にかかることもないでしょう、どうかお気をつけて」

詫びの言葉を述べて深く頭を下げた北斗が、扉の鍵を開ける。

「ありがとう、北斗さんも元気で」

礼を言って外に出ると、すぐに背後でパタンと扉が閉まり、鍵を掛ける音が聞こえた。

「やっと元の世界に戻れる……」

たいせつな手紙を入れた胸元に手を当て、ゆっくりと歩き出す。

最初は元の世界に戻ることばかり考えていたけれど、こちらでの暮らしに馴染んで楽しさを覚えるようになってからは、もう少しこの世界にいてもいいかなと思い始めていた。

元の世界に戻りたかったのに、やんちゃな二人の皇子や、格好よくて優しい聖弦皇帝にもう会えないのだと思うと、寂しさを感じてしまう。

「あと二日……」

昼餉の時間も近くなり、残された少ない時間を大いに楽しまなければと頭を切り替えた遼河は、〈淑徳殿〉へと向かう。

いきなり自分が姿を消したら、皇子や聖弦皇帝はどうするだろうか。

彼らに悲しい思いをさせたくはないけれど、ずっとここにはいられない。

彼らのことを考えれば考えるほど、胸が締め付けられる。

「あれ？　陽琳さんが……」

〈淑徳殿〉の庭にいる陽琳に気づき、遼河はにわかに足を速める。

「陛下がいらしているのですか？」

「弓の稽古の前に、昼餉をご一緒にとのことです」

陽琳がにこやかに答えた。

すっかり弓の稽古のことを忘れていた。

弓を射るなど初めてのことだから楽しみにしていたけれど、昨晩の失態を思い起こすと聖弦皇帝と顔を合わせるのが恥ずかしい。

「リョウガ、おそいよー」

「兄上も一緒に食事をなさるってー」

待ちかねていたかのように、聖栄と聖応が宮から飛び出してきた。

二人から手を繋がれ、広間へと引っ張っていかれる。

大きな円卓にはすでに料理が並んでいて、聖弦皇帝が正面の席に座っていた。

「遅れて申し訳ありません」

丁寧に頭を下げて詫び、皇子たちに席に着くよう促す。

「さあ、そなたも座って」

「はい」

伏し目がちに円卓へと歩み寄り、彼が示した隣りの椅子に腰を下ろす。

恥ずかしさから、まだ彼の顔をまともに見られないでいる。

けれど、このまま黙っているわけにもいかない。

「昨晩は失礼いたしました。なんとお詫びしたらいいのか……」

「詫びなど不要だ。涎《よだれ》を垂らしたそなたの可愛い寝顔は、まさに眼福ものだった」

「陛下……」

申し訳なさに肩を窄めて項垂れていた遼河は、聖弦皇帝にからかわれて頬から耳まで真っ赤に染める。

彼の言葉が本当かどうかはどうでもよく、寝姿を見られていたと思うといますぐ消え入りたい気分だった。

「リョウガがどうかしたのですか？」

「食事の最中に酔って寝てしまったのだ」

興味津々と瞳を輝かせていた二人の皇子が、聖弦皇帝の説明を聞いて吹き出す。

彼は弟から聞かれたことに答えたにすぎない。

でも、もう少し言いようがあるのではないだろうか。

「おまえたちより寝相が悪いのだぞ」

「えー、本当ですか？」

「夢の中で蹴鞠でもしていたかのようだった」

聖弦皇帝がほがらかに笑う。

まるで遼河が寝ながら大暴れしていたような言いようだ。

いくらなんでも、自分の寝相がそこまで悪いとは思えない。

目を覚ましたときに、衣裳はわずかに乱れていただけだ。

悪ふざけにもほどがある。

「もう、やめてください」

さんざん盛り上がっていた兄弟が、さすがにまずいと思ったのか、顔を見合わせるなり口を噤んだ。

聞いているだけで恥ずかしいから思わず咎めてしまったけれど、彼らに黙り込まれると困ってしまう。

「食事が終わったら、みんなで蹴鞠がしたいな」

幼いながらに気まずさを感じたのか、聖応が話題を変えてくれた。

「今日は弓のお稽古ですよ」

「リョウガも一緒に稽古をしたいそうだ」

遼河の言葉を受け、聖弦皇帝がどうだとばかりに弟たちの顔を窺う。

「リョウガも弓の稽古をするの？」

「弓を手にするのは初めてなのですが、一緒に頑張りましょうね」

話題が弓の稽古のことに変わったおかげで、少し羞恥が薄らいだ遼河は、皇子たちに笑顔を向ける。

「はーい」

二人の皇子が元気な声を揃えた。

素直な彼らを目にして、遼河は自然と頬が緩む。

「どうした？　今日は弓の稽古を嫌がらないのか？」

聖弦皇帝が軽い口調で皇子たちをからかった。

「嫌がったことなんてありませんよ、ねっ？」

「そうですよ、兄上、リョウガの前で変なことを言わないでください」

聖栄は素知らぬ顔でとぼけ、聖応は間髪容《い》れずに兄に言い返す。

彼らは顔立ちがそっくりなだけでなく、本当に息が合っているから見ていて面白い。

こんなにも賑やかな食卓に、自分も混ぜてもらっていることに幸せを感じる。

頼もしくて優しい兄と、兄を心から慕う弟たち。

親子ほど歳が離れていても仲がいいのは、聖弦皇帝が彼らの面倒をよく見ているからに違いなかった。

「それはすまなかった。さあさあ、稽古の前にまずは腹ごしらえだ」

聖弦皇帝は笑いながらも素直に詫び、食事を始めるために居住まいを正す。

「はーい」

元気よく返事をした皇子たちがさっそく箸を手に取り、料理に手を伸ばした。

円卓の上には、いつもの昼餉よりたくさんの料理が用意されている。

品数が多いとやはり嬉しいものなのか、皇子たちの食が進む。

「そなたはこれが好きなのだろう？」

手を伸ばして饅頭を掴んだ聖弦皇帝が、遼河の小皿にポンと置いてくれた。

「すぐに食べられるよう、先に具を挟ませておいた」

「ありがとうございます」

満面の笑みを浮かべて礼を言い、すぐさま饅頭を手に取ってかぶりつく。

些細《ささい》なことなのに、彼が覚えてくれていたのが嬉しくてならない。

皇子たちとはまだ一緒に食事をする機会があるけれど、聖弦皇帝とはこれが最後の食事になるかもしれないのだ。

そんなことをふと思ったら、とてつもない寂しさが込み上げてきた。

(これが最後……)

楽しげに食事をする聖弦皇帝と二人の皇子を見つめる遼河は、寂しさを必死に堪えながら一度、食べただけで大好きになった饅頭を味わっていた。

第七章

ひとりで夕餉をすませた遼河は、宮の庭に出て夜空を眺めている。

石で作られた座面の丸椅子に腰掛け、遠くで輝く満月と溢《あふ》れるほどの星にため息がもれた。

「はぁ……なんて綺麗なんだろう……」

満天の星とは、まさにこのことだ。

手を伸ばせば届くのではないかと錯覚しそうなほど、ひとつひとつの星が大きく見える。

「明後日には元の世界に戻ってるのかぁ……」

二日後に思いを馳せ、ため息交じりに肩を落とす。

早く元の世界に戻りたかったけれど、その日があまりにも早く来ることになってしまったせいか、さまざまな思いが胸の内で交錯しているのだ。

「明日で皇子たちとさよならなんて……」

可愛らしい皇子たちの顔が脳裏に浮かぶ。

明るく、やんちゃで、でも素直で聞き分けがよくて、自分を慕ってくれる彼らは大好きでたいせつな存在といえる。

短い期間ではあったけれど、彼らとは本当によく遊んだ。

もう一緒に走り回ることも、蹴鞠をすることもできないと思うと、寂しくてたまらない。

「リョウガ」

物思いに耽っていた遼河は、不意に声をかけられた驚きにパッと顔を上げる。

「陛下……」

聖弦皇帝がひとり、立っていた。

陽琳は〈長秀宮〉の外で待っているのだろう。

昼にも顔を合わせているのに、こんな時間にいきなり訪ねてくるなんて、いったいどうしたというのか。

（まさか……）

ついに夜伽の相手をさせられるのかと思ったら、にわかに動揺した。

元の世界に戻る前に、彼にもう一度、会えないだろうかと考えていたけれど、さすがにこの状況はまずい。

「このようなところで、なにをしているのだ？」

不思議そうに見下ろしてくる聖弦皇帝を、取り繕った笑みを浮かべて見つめる。

「夜空が綺麗だなと思って……」

艶やかな衣を身に纏った彼の眼差しがいつになく熱く感じられ、遼河は言葉を続けられなくなった。

いつもと変わらない威風堂々とした立ち姿と穏やかな笑顔に、心を奪われ見惚れてしまう。

絡み合う視線が恥ずかしくてたまらないのに、目を背けることができなかった。

「では、もっと眺めのよい場所へそなたを案内しよう。さあ」

彼がにこやかに手を差し伸べてくる。

自ら彼に触れるなど初めてのことだ。

自分でもびっくりするくらい胸が高鳴った。

「ありがとうございます」

どうにか礼を言い、彼の手を取る。

握り合った手を引かれて椅子から立ち上がると、彼がすぐに腰を抱き寄せてきた。

寝所に行くのが目的ではないとわかって安堵したのに、胸の高鳴りは激しくなるばかりだ。

いったい今夜はどうしてしまったのだろう。

聖弦皇帝のことを馬鹿みたいに意識している。

「ど……どこに行くのですか？」

「庭園にとっておきの場所があるのだ」

ゆったりとした足取りで歩き出した彼に歩調を合わせながらも、こんなにも身を寄せていたら高鳴る鼓動を聞かれてしまうのではないだろうかと不安になった。

「陛下、どちらへ」

門を出たところで静かな声で訊ねてきた陽琳が、持っている手提げ灯籠で聖弦皇帝の足下を照らす。

「星を眺めに〈壽望楼《じゅぼうろう》〉に参るぞ」

「御意」

行き先を告げられた陽琳が、後方を気遣いながら先導していく。

望楼とは、遠くを見るために造られた高い建物のことを指す。

庭園にあるということは、季節ごとに彩りを変える花や木を愛でるための場所として設けられたのだろう。

庭園は幾度か散歩しているけれど、いつも歩きながら考え事に耽っているからか、望楼があることには気がつかなかった。

「寒くはないか？」

聖弦皇帝の声が耳をかすめ、遼河は伏し目がちに首を横に振る。

無意識に肩を窄めているから、彼は心配になったのだろう。

気遣ってくれる優しさに、わけもわからず胸が熱くなる。

静まりかえった広大な城内を、手提げ灯籠の明かりだけを頼りに歩く。

前方に陽琳の姿が見えるけれど、彼は気配を消す達人であり、聖弦皇帝と二人きりでいるような錯覚を起こす。

これといって言葉を交わすでもなく、のんびりと歩みを進めていくと、池に架けられた朱色の太鼓橋が見えてきた。

洒落た欄干に黄金の装飾が施された、見るからに豪華な太鼓橋を遼河は渡ったことがない。

女官と宦官を従えて太鼓橋を悠々と渡る妃嬪たちを幾度か目にし、自分のような身分の低い者は恐れ多いと感じてしまったからだ。

「足下に気をつけるのだぞ」

腰を抱き寄せている聖弦皇帝に注意を促され、遼河は衣の長い裾を指先でつまみ上げる。

彼に寄り添ったまま太鼓橋を渡り終えると、その先に小径が続いていた。

仄《ほの》かに花々の香りが漂ってくる。

見上げれば満天の星。

ときおり聞こえてくる川のせせらぎ。

夜の庭園を散歩するのは初めてではないけれど、ひとりでは気づかなかったことばかりで、これまでとはまったく違った場所に来ているかのようだった。

「さあ」

聖弦皇帝に促され、石段を上がっていく。

顔を上げてみると、窓も扉もなく、四方の太い柱に屋根を支えられた豪華な建物が見えた。

あれが〈壽望楼〉なのだろう。

高い木々に囲まれているから、見落としていたようだ。

彼に導かれて〈壽望楼〉に足を踏み入れる。

贅沢に装飾が施されてはいるが、建物そのものはさほど広くない。

中央に贅沢な彫刻を施した背もたれを持つ、大きな椅子が置かれているだけだ。

造りから察するにひとり用に思われたが、大人が二人くらいなら一緒に腰掛けられるだけの大きさがある。

「はぁ……」

「疲れたか？」

長い階段を上がって軽く息切れをした遼河を優しく労《ねぎら》ってくれた彼と、並んで椅子に座る。

「すごい……」

正面に目を向けるなり思わず声をあげていた。

こぢんまりとした〈壽望楼〉からの眺めが圧巻すぎたのだ。

すぐ目の前に星空が広がっている。

輝く月があまりにも大きい。

城内に数多ある殿や宮の屋根に、星が降り注いでいるかのようだった。

「こんな素敵な場所があるなんて知りませんでした」

「普段ここには入れぬようになっているからな」

彼が意味ありげに笑う。

出入りが禁止されているということは、特別な建物ということだ。

「もしかして、陛下専用なのですか？」

「ああ、私の許可なく〈壽望楼〉に入ることは禁じられている」

遼河の肩に手を回してきた聖弦皇帝が、ゆったりと背もたれに寄りかかる。

そのまま頭を彼の肩に預ける格好になり、まるでデートを楽しむ恋人同士のようで羞恥を覚えた。

「ここに連れてきた妃はそなたが初めてだ」

柔らかに微笑んだ彼が、じっと見つめてくる。

たくさん妃嬪がいるのに、自分が初めてだなんて驚きだ。

でも、特別な存在だと思われているようで、ちょっと嬉しかった。

「とても光栄です」

「そなたなら、いつでもここに来てかまわない」

「えっ？」

「特別に許可する」

「ありがとうございます」

満面の笑みで一礼したけれど、すぐに残念な思いに囚われる。

自由に出入りすることを許されたのに、足を運ぶ機会はもうなさそうだ。

北斗の弟子に会うのが、もう少し先だったらよかったのにと思わずにはいられない。

「今日は弓の稽古で疲れていただろうに、歩かせてしまってすまなかった」

「とんでもありません。こんな素敵な場所から星空を眺めることができて幸せです」

「それはなによりだ」

遼河の笑顔を目にして安堵したのか、聖弦皇帝が目を細めた。

一緒にいられる時間がかぎられているからこそ、〈壽望楼〉に連れてきてもらえたのが嬉しかった。

「そういえば、聖栄さまも聖応さまも弓を射るのが上手に思えたのですが？」

稽古の話をされて皇子たちを思い出し、遼河は素朴な疑問をぶつけた。

「確かに。ただ、今日はそなたがいたから頑張ったのだと思うぞ」

「でも、きっとお稽古を続ければ上達しますね」

「そうだといいのだが」

どうだろうかと言いたげに彼が笑う。

いつになく穏やかな彼の表情に、もっといろいろな話がしたくなってきた。

「でも、なぜ陛下が自らお稽古の指導をなさるのですか？」

「まあ、腕の立つ者に稽古をさせればいいのだが、私はできるだけ彼らと一緒にいる時間を作りたいのだ」

「弟思いなんですね」

素直な感想を口にしたら、彼が急に神妙な面持ちで見返してきた。

なにかおかしなことを言ってしまったのだろうか。

無言で見つめられ、不安が募った。

「実は、皇太后は聖応を産んで間もなく命を落としてしまい、後を追うように先帝が逝ってしまったこともあって、あの二人は本当の親とほとんど接したことがないのだ」

「そんなことが……」

あまりにも思いがけない話に、遼河は唖然とする。

聖栄と聖応が幼くして両親を亡くしたことは、心悦から聞いて知っていたが、両親の顔も知らないくらいの年齢だったとは想像もしなかった。

「皇族の子はみな乳母に育てられるが、父親と母親は大きな存在だ。そのどちらも知らない弟たちに寂しい思いをさせたくはなかった」

「それで、陛下が親代わりに？」

「そうだ」

聖弦皇帝が力強くうなずいた。

二人の皇子が素直にすくすく育ったのは、兄からたっぷりの愛情を注がれたからだろう。

「でも陛下も即位なさったばかりで大変だったのでは？」

「当時はそれこそ寝る間も惜しむといった状況だったが、それでも弟たちを放っておくことなどできなかった」

かつてを振り返るかのように、聖弦皇帝が遠くを見つめる。

父皇帝の急逝によって想定外の即位をした彼の苦労は、現代に生まれ育った遼河には計り知ることもできない。

それなのに、幼い弟のために彼はこれまでずっと尽くしてきたのだ。

なんて弟思いの兄なのだろうか。

聖弦皇帝の優しさに感動した遼河は、目を潤ませる。

「どうした？　なぜ泣いている？」

溢れた涙を目にして驚いた彼が、慌てたように顔を覗き込んできた。

「陛下が優しくて……」

「リョウガ？」

「二人の皇子をたいせつに思う陛下のお気持ちに胸が熱くなって……」

自分でもこんなふうに泣いてしまったのが不思議だったけれど、堪えようもなく自然に涙が溢れてくるのだ。

「リョウガ……」

「んっ……」

両手でそっと頬を挟んできた聖弦皇帝に唇を塞がれ、遼河は息を詰めて目を瞠った。

生まれて初めてのキスに、大いに慌てる。

深く唇を重ねられ、どうして急にキスなどしてきたのだろうかと、そんなことを考える余裕もなくなった。

「ふっ……んんっ」

唇を甘噛みされ、忍び込ませてきた舌先で口内を舐め尽くされ、胸の奥深いところがかすかに疼《うず》いた。

いつ終わるともしれない息苦しいほどのキスに、どうしようもないくらい身体が火照り始める。

「う……ん」

頭の中が白くなり始めたそのとき、腰に回されていた聖弦皇帝の手が太腿に滑り落ちた。

薄衣越しにも、掌の熱がはっきりと伝わってくる。

「わ……私は……」

ハッと我に返って彼の唇から逃れた遼河は、顔を背けて乱れた呼吸を整えた。

細い肩を上下させながら、この場から離れる言い訳を考える。

「あ……あの……黙って宮を出てきてしまったので、早く戻らないと……これで失礼いたします」

ドキドキしている胸を片手で押さえ、そっと椅子から立ち上がって丁寧に一礼した。

「明かりはいらぬのか？」

「はい、大丈夫です」

目を合わせるのも恥ずかしく、遼河は急ぎ足で〈壽望楼〉の長い階段を駆け下りた。

背中越しに彼の楽しげな笑い声が聞こえてくる。

キスをされて逃げ出した妃嬪など、これまでいなかったのだろう。

意外な反応をしたのが、彼には面白く感じられたのかもしれない。

「はぁ、はぁ……」

鼓動が早くなっているのに、息せき切って走っているから、どんどん胸が苦しくなる。

それでも、遼河は一目散に〈長秀宮〉を目指した。

慌ただしく宮の門を潜ると、心配そうな顔をした女官と遭遇した。

「お帰りなさいませ」

「もう寝るから休んでいいわ」

遼河はそう言い残し、脇目も振らず寝所へ向かう。

「はぁ……」

着替えもせずに寝台へ身を投げ出し、寝具に顔を埋めた。

まだ、こんなにドキドキしている。

彼からキスをされて驚いたものの、いやではなかったのが不思議でならない。

急に逃げ出したりして、彼は怒っていないだろうか。

「初めてのキス……」

唇を貪られているあいだ、我を忘れていた。

まるで、夢の中にいるかのようだった。

遼河は指先で己の唇をそっとなぞる。

薄く紅を差したそこに、押し当てられた唇の感触が生々しく残っていた。

「陛下……」

目を閉じていても、聖弦皇帝の笑顔が浮かぶ。

彼のことが頭から離れない。

「もう会えないなんて……」

自ら皇帝に会うことはかなわない。

明日、彼が訪ねてきてくれるか、どこかで偶然、遭遇しなければ、二度と会えないのだ。

聖弦皇帝、そして二人の皇子たちと、これからも一緒に過ごしたい。

北斗との約束を果たさなければ、ここに留まることはできるだろう。

「でも……」

正体を隠し通すことは難しい。

才人として後宮にいる以上、いずれどこかで男だとばれるときがくる。

怒りに燃える聖弦皇帝の顔が、遼河の脳裏にまざまざと思い浮かぶ。

こちらに残ったところで、幸せにはなれないのだ。

彼らと離れるのは寂しいけれど、元の世界に戻るべきだろう。

「僕は別の世界の人間なんだから、ここにいてはダメ……」

ようやく決心がついたものの、寂しさから逃れられない遼河は、横たわったまま膝を抱き寄せて丸くなり、溢れてくる涙にいつまでも頬を濡らしていた。

第八章

艶やかな桜色の衣裳に身を包み、うっすらと化粧を施している遼河は、ひとり居間を行ったり来たりしている。

「はぁ……」

歩きながらため息ばかりを繰り返す。

異世界に別れを告げるときが刻々と近づいているのだ。

いつものように昼餉をともにし、楽しく遊んだ聖栄と聖応には「また明日」とだけ声をかけて〈淑徳殿〉をあとにした。

さよならを言えなかったのが、心残りでならない。

幼い皇子たちを裏切るようで、胸が激しく痛む。

「でも、ここにいてはいけないんだ」

元の世界に戻るという、遼河の決意は固かった。

問題は、どうやって夜明け前に起床するかということだ。

宮中では日に三度、時刻を知らせる係の宦官が銅鑼《どら》を鳴らして回る。

朝を知らせる銅鑼が鳴るのは、おおよそ六時くらいだ。

いきなり異世界に召喚され、時計のない生活が始まり、最初は遼河も戸惑った。

けれど体内時計というのはたいしたもので、しばらくすると時間の感覚が掴めるようになったのだ。

日が昇るのは午前五時くらいだから、それより前に門の外に出ていなければならない。

後宮脱出を決行するまでに、まだ八時間近くある。

銅鑼の音が聞こえる前に起きなければいけないことを考えると、いつも通りの時間に就寝しないほうがよさそうだ。

なぜなら、絶対に寝坊してしまうという妙な自信があるからだ。

かといって早寝をしても、早く起きられるとはかぎらない。

目覚まし時計はないし、女官に起こしてもらうわけにもいかないのだから、なんとしてでも自力でどうにかするしかないのだ。

「やっぱり起きていたほうがいいよな……」

寝台に入ることなく、起きたまま夜明け前を待つのが確実だろう。

ただ、なにをして時間を潰せばいいのかわからないから、意味もなく部屋を行ったり来たりしているのだ。

「リョウガさま」

「は、はい！」

突如、聞こえた声に、心臓が止まりそうになるほど驚く。

片手でドキドキしている胸を押さえながら静かに振り返った遼河に、柔らかに微笑む陽琳が恭しく頭を下げる。

「お迎えに上がりました」

「えっ？」

「陛下がお待ちですので、〈太平殿《たいへいでん》〉までご一緒においでください」

きょとんとしていた遼河も、陽琳が部屋を出て行くと慌ててあとを追った。

（なんで？）

急に聖弦皇帝から呼び出され、不安が胸に渦巻く。

彼はいつも前触れもなくふらりと〈長秀宮〉を訪れてきた。

わざわざ呼ぶには、それなりの理由があるはずだ。

（まさか……）

夜伽をさせるためではないだろうか。

（でも……）

皇帝は前もって夜伽の相手を選ぶのが習わしで、それなりの支度が必要となる妃嬪には先に知らされるはずだ。

異世界を去る前に再び聖弦皇帝に会えるのは嬉しいことだけれど、呼ばれた理由がわからないだけに不安は残った。

「どうぞこちらへ」

わけがわからないまま歩みを進めていた遼河は、陽琳に促されるまま〈太平殿〉に足を踏み入れる。

皇帝が住まう広々とした殿は、人の気配がまったくなく、恐ろしいくらいに静まりかえっていた。

長い廊下を黙って進む陽琳のあとを、不安に手を握りしめながらついていく。

しばらくすると、明かりの灯る部屋が正面に見えてきた。

扉の前で足を止めた陽琳が、両の手を大きく左右に開く。

「中へ」

にこやかに促され、神妙な面持ちで部屋に入った。

どうしたらいいのかわからず立ち尽くす遼河のすぐ後ろで、パタンと小さな音を立てて扉が閉まる。

（ここは……）

明かりが灯された部屋は、至る所に黄金の装飾が施され、眩《まばゆ》いくらいに輝いていた。

視線の先には天蓋付きの巨大な寝台が置かれている。

天蓋から垂れる真紅の天鵞絨《ビロード》が、房がついた黄金の紐で柱に留められていた。

（やっぱり……）

連れてこられたのが寝所だとわかり、遼河の背筋を冷たい汗が流れる。

ここから逃れる術はない。

万事休すに陥り、足が竦んで動けなくなる。

「リョウガ、待っていたぞ」

振り返る間もなく、背後から抱き上げられた。

「あっ、あの……」

「恥ずかしがることはない」

遼河は困惑の瞳を向けるが、事情など知るよしもない聖弦皇帝は満面に笑みを浮かべ、寝台へと足を進める。

「へ……陛下……」

寝台に横たわらせた遼河を、彼が愛おしげに見つめてきた。

今夜の彼は純白の夜着を纏っている。

いつもは結い上げている髪も下ろしていて、穏やかな雰囲気が漂っていた。

「リョウガ……」

目を細めた彼が寝台に片膝をつき、遼河に覆い被さってくる。

逞しい身体で押さえ込まれ、そのまま唇を奪われた。

「んっ……」

ここで諦めてはダメだと思い直し、遼河は必死の抵抗を試みる。

けれど、顔を背けようとしても、執拗《しつよう》に唇を貪られていて阻止されてしまう。

両の手で彼の胸を押しやるけれど、逞しい身体はびくともしない。

「そなたが愛しくてたまらない……」

耳元で甘く囁かれ、ずっと騙してきたことに胸を痛める。

彼の言葉はすんなりと心に届いてきた。

きっと彼の愛は本物なのだ。

だからこそ、申し訳なさが募る。

「リョウガ、愛している……」

優しく頬を撫でてきた彼が、改めて唇を塞いできた。

思いの丈を込めたような熱烈なキス、頬に触れる指先から伝わる温もりに、抗う気持ちが薄れていく。

愛を囁かれて嬉しさを覚え、キスや温もりを気持ちよく感じるのは、きっと聖弦皇帝に惹かれているからだ。

「リョウ……」

長い衣の裾を捲り上げてきた彼が、遼河の股間に触れるなりガバッと起き上がった。

ついにばれてしまった。

身体を起こして乱れた衣を手早く直した遼河を、彼が唖然とした顔で見据えてくる。

「そなた……」

「申し訳ありません……」

「なぜだ、なぜ黙っていた?」

「本当に申し訳ありません」

詫びるしかない遼河は、その場で正座をし、額が寝具につくほど深く頭を下げた。

いくら詫びたところで、たぶん許しは得られないだろう。

彼の顔にはただならない怒りが浮かんでいた。

「出て行け！　いますぐここを出て行け！」

声を張り上げ寝台を下りた聖弦皇帝が、スタスタと寝所をあとにする。

ひとり残された遼河は、がっくりと項垂れた。

いい思い出を胸に元の世界に戻りたかったけれど、もうそれも叶わなくなってしまった。

遼河が男だとわかったときの、彼の驚愕の面持ちは一生、忘れられそうにない。

「あーぁ……」

大きく息を吐き出して気を取り直し、寝所を出てとぼとぼと廊下を歩き出す。

自然と涙が溢れてきた。

こんな悲しい別れになるとは思ってもいなかった。

なにより、「愛している」と言ってくれた聖弦皇帝を傷つけてしまったのが、残念でならなかった。

重い足取りで〈太平殿〉をあとにした遼河は、溢れる涙を拭おうともせず〈長秀宮〉を目指して足を進める。

「後宮に妃はたくさんいるし……」

聖弦皇帝には数え切れないほどの妃がいるのだろうから、姿を消してしまえばいずれ自分のことなど忘れてしまうはずだ。

それはそれで悲しいことではあるけれど、後悔の念しかないいまの遼河は自らにそう言い聞かせる。

「ふぅ……」

自分の寝所に戻って寝台に腰掛け、力なく肩を落とす。

「どうしてこんなことになっちゃったんだろう……」

ここでの暮らしは楽しいことばかりだっただけに、こうした終わり方になってしまったのが悲しい。

「あんな怒った顔……」

聖弦皇帝の顔を思い出すだけで胸が締め付けられ、乾き始めた涙がまた溢れてくる。

「もう……」

無造作に指で涙を拭い、枕を抱き寄せてごろりと寝台に横たわった。

ここで寝てしまったら、夜明け前に起きられないかもしれない。

けれど、もうなにも考えたくなかった。

起きていると聖弦皇帝の顔が浮かんできてしまうのだ。

胸の痛みと苦しさから逃れたい思いから、遼河はそっと目を閉じていた。

＊＊＊＊＊

「う……ん」

遠くから聞こえてくる鳥の囀《さえず》りに目を覚ました遼河は、ハッとした顔で飛び起きる。

窓に駆け寄り、扉を開けて外を眺めた。

「よかった……」

うっすらと明るくなってきてはいるけれど、まだ日は昇っておらず安堵のため息をもらす。

「そうだ……」

安堵したのも束の間、寝台の横に置かれた引き出しを開け、北斗から託された手紙を取り出す。

状袋は封がしっかり閉じられたままだから、誰にも中を見られずにすんだようだ。

忙しなく衣の胸元を整え、襟のあいだに状袋を深く差し入れる。

「急がないと……」

ぐずぐずしていたら日が昇ってしまう。

急いで〈長秀宮〉を出た遼河は、北斗から指示された〈臨正門〉へと向かった。

どんどん空が明るくなっていく。

あっという間に日が昇ってしまいそうで焦る。

この時間の警備は手薄になっているとはいえ、見張りが誰もいないわけではないだろうから、走ったりすれば怪しまれてしまう。

駆け出したい衝動を必死に抑え、普段通りにしずしずとした足取りで歩みを進める。

「あれだ……」

ようやく〈臨正門〉が見えてきた。

ほっと胸を撫で下ろしたそのとき、女官を従えたギンレイがこちらに向かってきた。

いまさら隠れることもできず、遼河はその場で立ち止まって深く頭を下げる。

「こんな時間にどちらへ？」

目の前で足を止めたギンレイが、訝しげな視線を向けてきた。

後宮でのしきたりを学んで、他の妃嬪たちと同じように昨日の朝は最高位の妃であるギンレイの宮に挨拶に出向いた。

気位の高い彼女のことが苦手だ。

彼女も皇帝自ら才人に封じた遼河をよく思っていないようで、妃嬪たちが集まっている中で無視をされたり、嫌みを言われたりした。

妃嬪たちの嫉妬が渦巻く後宮を舞台にしたドラマや映画などをたくさん観てきたので、ある意味部外者である遼河は、ある程度、彼女たちとのやり取りを楽しむことができていた。

とはいえ、あまりにねちねち言われるのは気分のいいものではない。

そんな後宮のしがらみとも今日でさよならできるのだ。

「街まで急用がありまして」

「こんな時間に？」

「はい、とても急ぎでして……失礼いたします」

遼河は一礼し、わざとらしく急いでその場をあとにする。

基本的に妃嬪は後宮の外に出られないが、制度として里帰りの権利があるため、皇帝の許しがあれば外出できるとなにかの書物で読んだことがあった。

ただ、遼河は許可を得ているわけではないから、そのことを問い詰められる前にギンレイから離れたかったのだ。

門扉をそっと開けて〈黄龍城〉の外を窺うと、なんと警備兵はその場にしゃがみ込んでうつらうつらしているではないか。

さらに左右に目を向けると、二頭立ての質素な黒い馬車が停まっているのが見えた。

遼河はわずかに開けた門扉のあいだをすり抜け、馬車に駆け寄っていく。

「リョウガさんかい？」

声をかけてきた御者にうなずき返し、そそくさと馬車に乗り込む。

座席に腰掛けるなり馬車が動き出し、思わず前のめりになった。

「あっ……」

どうにか体勢を整え直し、背もたれに寄りかかってひと息つく。

北斗が約束を違《たが》える可能性もあったから、馬車に乗り込むことができて心から安堵した。

馬車がどこに向かっているのかすらわからないけれど、北斗から指示を受けているであろう御者に任せればいい。

あとは北斗の弟子に、元の世界に戻してもらえばそれですべてが終わるが、後ろ髪を引かれる思いがないといえば嘘になる。

聖弦皇帝と二人の皇子に、別れを告げることができなかったのが心残りでならない。

なにより、別れを前に聖弦皇帝を怒らせてしまったのが、悔やんでも悔やみきれない。

「そのうち忘れちゃうんだろうなぁ……」

皇子たちと楽しく満ち足りた時間を過ごしたとはいえ、それほど長い期間ではなかった。

彼らの人生はこれから先のほうがずっと長いのだ。

成長していく過程で知り合う人の数は計り知れず、いつか遼河のことなどすっかり忘れてしまうだろう。

聖弦皇帝にとっても、遼河は後宮に数多いる妃嬪のひとりにすぎないはずだ。

間もなく召喚される運命の皇后と夫婦になり、たくさんの子供に恵まれ、姿を消してしまった妃を思い出すこともなくなるだろう。

「なんか寂しい……」

彼らのことを考えると、胸が締め付けられて苦しくなるというのに、どうしても思い浮かべてしまう。

「これでさよならか……」

振り返って小窓の扉を少しだけ開けた遼河は、瞳を潤ませながら、遠ざかっていく〈黄龍城〉を見つめていた。

第九章

広い居間の長椅子で薄い夜着のまままんじりともせず朝を迎えた聖弦皇帝は、おもむろに立ち上がって大きく天井を仰ぐ。

「どういうことなんだ……」

愛する遼河が男だと知った衝撃はあまりにも大きすぎた。

男が女官の振りをしていることに気づかず、才人に封じたのだからいい笑いものだ。

皇帝である自分をずっと騙してきたのかと思うと、怒りが込み上げてくる。

「しかし……」

どれほどの理由があれば、女の振りをしてまで女官になろうと思うのか。

まさに命がけともいえるだけに、遼河がどうして女官に化けていたのか、考えれば考えるほど解せなかった。

「リョウガ……」

正体を知ってもなお、遼河を欲している自分がいる。

屈託のない笑みや、可愛らしい大きな瞳に魅せられた。

溌剌としていて、物怖じしない明るさに、一緒にいて心地よさを覚えた。

気位ばかり高く、それでいて平気で媚びてくる妃嬪たちに辟易《へきえき》していたからこそ、天真爛漫《てんしんらんまん》な遼河に強く惹かれたのだ。

初めて心の底から必要と思える存在に出会えたというのに、このまま遼河を失ってしまっていいはずがない。

「陽琳、着替えを」

「御意」

陽琳に短く命じた聖弦皇帝は、身仕舞いをするため居間をあとにする。

別室に移動すると、数名の女官が衣裳を手に待機していた。

身仕舞いはすべて彼女たちがやってくれる。

皇帝に仕える女官は、素性が確かな者ばかりだ。

そこそこ裕福な家の娘もいる。

あわよくば妃嬪のひとりにと考える親が、つてを頼りに娘を送り込んでくるのだ。

だから、彼女たちは驚くほど甲斐甲斐しい。

それでも、皇帝と言葉を交わすことは恐れ多いのか、誰ひとりとして口を開かない。

（リョウガなら……）

ふと遼河の顔が脳裏を過る。

身仕舞いをしているあいだも、遼河ならばきっと喋り続けているに違いない。

皇帝を特別な存在として敬いながらも、普通に接してきた。

ともにいて心地よさを覚えたのは、遼河の気遣いがほどよかったからだろう。

「朝餉になさいますか？」

身仕舞いが終わると同時に声をかけてきた陽琳に、聖弦皇帝は首を振ってみせる。

「リョウガの宮へいく」

「御意」

一礼した陽琳を従え部屋を出て行く。

彼には遼河の正体をまだ伝えていない。

少し気に食わないことがあり、すぐに帰してしまったと伝えてあるだけだ。

だから、一夜明けて〈長秀宮〉を訪ねると言われた陽琳は、遼河の機嫌を取るためだろうと思ったに違いない。

陽琳に事実を伝えるかどうかは、遼河の説明を聞いてから決めようと考えていた。

「陛下のおなーりー」

前に出た陽琳が〈長秀宮〉に向けて皇帝の到着を告げると、慌ただしく走り寄ってきた女官たちがひれ伏す。

「リョウガ才人はおられるか？」

「それが……」

陽琳の問いかけに、女官が恐る恐る顔を上げた。

「どうしたのだ？」

「お姿が見えないのです。先ほどから探しているのですが……」

さらなる問いに答えた女官は、いまにも泣き出しそうな顔をしている。

「散歩に行っているのではないのか？」

「お散歩の際は、いつも声をかけてくださるので……」

「散歩ではないと？」

「は、はい……」

皇帝から問い詰められた女官が、再びひれ伏してしまう。

「忽然《こつぜん》と消えたとでも言うのか？」

「申し訳ありません、私たちは……」

陽琳に叱責され、女官たちがひれ伏したまま肩を震わせる。

「もう一度、宮の中を探すのだ」

「はい」

聖弦皇帝が命じるなり、女官たちが宮に戻っていった。

昨夜のこともあり、嫌な予感がしてならない。

(まさか……)

正体がばれてしまった遼河が自害したのではと、最悪の事態が脳裏をかすめる。

遼河を失うかもしれない。

そんなことを考えただけで、血の気が引くほど恐ろしくなった。

男であったことに衝撃を受けて追い返してしまったけれど、男であってもかけがえのない存在であることに変わりはないのだと思い知る。

「リョウガ才人でしたら、街に行かれましたわよ」

「街にだと？」

声の主を振り返ると、女官を従えたギンレイが澄まし顔で立っていた。

「ええ、夜明け前のことですわ。〈臨正門〉の近くでお会いしたときに伺いましたの」

「ひとりでか？」

「ええ」

ギンレイが小さくうなずく。

なにかと気に入らないギンレイではあるが、嘘をついているとは思えない。

たとえ最高位の貴妃であろうとも、皇帝を偽れば罰せられるからだ。

「馬を用意してくれ」

陽琳に命じた聖弦皇帝は、すぐさま行動を起こす。

遼河はまだ生きている。

だが、死に場所を探しているのかもしれない。

早く街に行き、生きているうちに遼河を見つけ出さなければ。

「リョウガ……」

顔を見なければ安心できない。

「馬はまだか？」

焦れた聖弦皇帝は、自ら厩《うまや》へ足を向ける。

一刻を争う。

歩いて街に向かったのであれば、途中で追いつけるかもしれない。

馬に乗れるかどうかについては聞いていないが、そこそこ運動能力が高い遼河であれば、すぐに乗りこなすこともあり得る。

遼河が心配でならない聖弦皇帝は我を忘れ、厩に向けて走り出していた。

用意された馬に跨がり、陽琳と数名の警護兵を引き連れ街を目指す。

ひたすら馬を駆り、賑わう街に入った聖弦皇帝は、必死に遼河を探した。

到着するまでに遼河と遭遇しなかったことを考えると、すでに街に入っていると思われる。

ただ、なにひとつ情報がないまま闇雲に探したところで、広い街に姿を消した遼河が見つかるはずがない。

それでも、街を目指した理由がわからない以上、しらみ潰しに探すしかなさそうだ。

「陛下、リョウガさまらしき女性を見た者がおりました」

併走してきた陽琳の言葉に、聖弦皇帝は馬の手綱を軽く引いた。

「場所は？」

「こちらです」

馬の首を巡らせて方向転換した陽琳に並び、一気に駆け出す。

すぐさま警護兵があとを追ってくる。

「街の者によりますと、街の外れにある小屋に、ひときわ目を惹く身なりのいい若い女が入っていったそうです」

「リョウガかもしれないいな」

馬を駆りながら説明してき陽琳に、聖弦皇帝は大きくうなずいてみせた。

街で暮らす者の記憶に残るくらい、ひときわ目を惹いたのは、妃の衣裳を纏っていたからに違いない。

「なぜ街の外れに……」

解せない思いを抱きつつも、ひたすら馬を駆る。

しばらくすると景色が一変した。

ようやく街の外れまで来たようだ。

「やめろ――――っ」

突然聞こえてきた叫び声に、聖弦皇帝は背筋がぞわりとした。

「リョウガ！」

愛しい遼河の声を聞き間違えるはずがない。

声が聞こえてきた小屋へと、一気に馬を走らせた。

「いやだ、やめろ……いやだ――――っ」

悲痛な声に焦りが募る。

小屋の前で馬を飛び降りた聖弦皇帝は、迷うことなく粗末な板戸を蹴り飛ばした。

「リョウガ！」

目に飛び込んできた恐ろしい光景に怒りを覚え、身体中の血液が沸き立つ。

小屋の中央にある柱に、遼河が括《くく》り付けられているのだ。

派手な音に驚いたのか、薄汚れた身なりの男が二人、驚きの顔でこちらを見ている。

遼河は衣の胸元がはだけ、足下にしゃがんだひとりの男が長い裾に手をかけていた。

男たちがなにをしようとしているかなど、確かめるまでもない。

遼河を嬲《なぶ》り者にするつもりでいたのだ。

「陛下……陛下……」

聖弦皇帝に気づいた遼河が、涙で顔をぐしゃぐしゃにしながら呼びかけてくる。

悲痛な声に、怒りが頂点に達した。

「許さん！」

すかさず剣を引き抜き、躊躇いなく男たちを斬って捨てる。

皇帝の妃を手籠《てご》めにしようとした輩が、生きていられるわけがないのだ。

返り血を浴びながらも平然と剣を収め、泣きじゃくる遼河に歩み寄る。

衣裳が乱れているだけで、見たところ怪我はなさそうだ。

陽琳によってすでに縄は解かれていたが、恐怖からか身動きが取れなくなっているようだった。

「リョウガ……もう大丈夫だ」

身体を震わせている遼河をそっと抱きしめ、むさ苦しい小屋から出て行く。

あえて命じなくとも、陽琳と警護兵が後始末をしてくれる。

「リョウガ……」

震えるばかりで言葉にならない遼河を、ひょいと持ち上げて馬に乗せた。

すぐさま背後に跨がり、遼河の腹にしっかりと腕を回して支える。

「陽琳、先に行く」

後始末に追われている陽琳に声をかけるなり、聖弦皇帝は城へ向けて馬を走らせた。

いまだ遼河の震えは収まらない。

さぞかし恐ろしい思いをしたことだろう。

怪我もなく無事に救い出せたことに、心の底から安堵した。

あと少し発見が遅れていたらと思うと、身の毛がよだつ。

「陛下……」

腹を抱えている聖弦皇帝の手を、遼河がギュッと掴んできた。

細い指先が震えている。

一刻も早く安全な場所に連れて行かなければ。

身を震わせる遼河が心配でならない聖弦皇帝は、ただひたすら馬を駆っていた。

＊＊＊＊＊

聖弦皇帝に間一髪のところを救い出され、疾走する馬の背に揺られながら遼河が城まで戻ってきたのは半時ほど前のこと。

抱きかかえられるようにして、〈太平殿〉の寝所に連れてこられた。

妃の衣裳の上に聖弦皇帝の大きな衣を羽織った遼河は、寝台の端にちょこんと腰掛け、身を縮めて熱い茶を啜っている。

「はぁ……」

安全な場所に身を置いたことで、少しずつ落ち着きを取り戻しつつあったけれど、胸の内で恐怖、怒り、後悔が渦巻いていた。

（どうして……）

北斗の言葉を信じ、危険を顧みず〈黄龍城〉を抜け出したというのに、馬車で連れて行かれたのは腕の立つ弟子の家などではなく、いまにも壊れそうなむさ苦しい小屋だった。

そして、そこで待ち受けていた男たちに捕らえられ、拘束されたのだ。

柱に縛り付けられた時点で、嫌らしい目つきをした男たちの目的をすぐに理解したけれど、すでに手遅れだった。

北斗は遼河を元の世界に戻してくれるつもりなど、はなからなかったらしい。

男たちの話から、遼河を娼妓《しょうぎ》として売り飛ばすよう命じていたことが判明したのだ。

間違って召喚された身であり、なにひとつこちらに落ち度などないのに、どうして売り飛ばされなければならないのか。

聖弦皇帝に救われたいま、北斗に対してただならない怒りを覚えていた。

「リョウガ……」

穏やかな声をかけてきた聖弦皇帝が、そっと隣りに腰を下ろす。

衣に染みた血の臭いに怯えた遼河を気遣い、着替えてきてくれたのだ。

彼の優しさが身に染みる。

それなのに彼を騙していたのだと思うと、ひどく胸が痛んだ。

「リョウガ、無事でなによりだ」

「ありがとうございました……」

落ち着いたことでようやく礼を言えるようになり、遼河は静かに頭を下げる。

「もう少し茶を飲むか？」

「いいえ、もう……」

首を横に振った遼河は、静々と歩み寄ってきた陽琳に茶碗を渡す。

「恐い思いをしたな」

聖弦皇帝に優しく抱き寄せられ、かつてないほどの安堵を覚える。

と同時に、騙して傷つけてしまったのに、どうして助けに来てくれたのだろうかと疑念が浮かぶ。

「リョウガ、そなたが無事でよかった……本当によかった……もう二度とそなたを手放しはしない」

力強く抱き寄せられ、熱い眼差しを向けられる。

「そなたを愛している……私にはそなただけだ」

瞳と同じくらい熱い声音に、遼河はわずかに眉根を寄せた。

「僕は男ですよ？　それに、ずっと騙していたこと、怒っていないんですか？」

「あのときは、あまりのことに驚いただけだ。酷い言い方をしてすまなかった。私は本当に後悔したんだ」

「後悔？」

「私にとって、そなたはかけがえのない存在だと気づいたからだ。私はそなたを心から愛している。そなたが男であろうとかまわない。必要としているのはリョウガ、そなただけなのだ」

思いをすべて吐露した聖弦皇帝が、困惑も露わに目を瞠っている遼河にキスしてくる。

「んっ……」

彼の言葉が心に強く響いてきた。

性別など関係なく、ひとりの人間として自分を愛してくれている。

彼の愛は本物なのだ。

愛を告白されて感じたのは、紛れもない喜び。

自分でも驚くほど、胸が嬉しさに高鳴っている。

「ふ……んんっ……」

唇を貪られるほどに、身体の熱が高まっていく。

蕩けていくような感覚が心地よい。

聖弦皇帝にもっともっと愛されたい。

そんな思いが脳裏を過る。

「あっ……」

彼が唇を重ねたまま、寝台に押し倒してきた。

巧みに動く指で帯を解かれ、衣の前を開かれる。

彼がなにをしようとしているのかくらい、容易に想像できた。

それでも、不思議なことに抗う気持ちがまったく湧き上がってこない。

唇を触れ合わせ、逞しい腕に抱かれていると、それだけで幸せな気分になった。

この幸福感をずっと味わいたいと素直に感じたのだ。

「うん！」

露わになった太腿を大きな掌で撫でられ、思わず腰が跳ね上がる。

全身がさざ波立った。

初めて味わう不思議な感覚で、わけもわからず羞恥を覚える。

「ああっ……」

まだ柔らかな己を握り取られ、さらには緩やかに手を動かされ、甘酸っぱい痺れが股間に広がっていく。

彼にあそこを握られているなんて、恥ずかしい以外のなにものでもない。

抗うつもりはなかったけれど、無意識に身を捩《よじ》っていた。

「素直に感じてよいのだぞ」

笑いを含んだ声が耳をかすめ、輪にした彼の指が己をリズミカルに扱《しご》いてくる。

根元から先端に向けて滑っていった指が、くびれで止まって絞り込んできた。

「ん……んっ」

一気に己が硬くなる。

こんなにも感じてしまうなんて驚きだ。

でも、嫌悪感などひとつもなかった。

「はふっ……」

指の腹で敏感なくびれをなぞられ、遼河の腰が揺れ動く。

何度も同じ場所を弄られる。

湧き上がってくる堪えようのない快感に、ますます己が力を漲《みなぎ》らせてきた。

「ここが好きか？」

「やっ……」

問われたところで、恥ずかしくて答えられるわけもなく、闇雲に腰を揺らす。

「答えずともよい。好きでなければこれほど反応はしないはずだからな」

聖弦皇帝はとても楽しげだ。

生まれて初めての経験だから、なにもかもが恥ずかしい。

それでも、彼の指先や温もりから確かな愛が伝わってくるから、遼河はすべてを委ねようと心に決めた。

「ひっ……」

鈴口を指の腹でツイッと擦られ、肩を窄めてあごを反らす。

身体の震えが止まらない。

強烈な痺れが、脳天に向けて駆け抜けていった。

投げ出している脚から力が抜け落ちる。

「濡れてきたな」

「やだ……」

わざわざ言葉にされ、顔が真っ赤になった。

己はもう痛いくらいに硬直しているし、とめどなく先走りが溢れている。

感じている証だから、指摘されると恥ずかしくてたまらない。

「はぁ……あっ、あっ」

濡れた鈴口を執拗に擦られ、快楽に慣れていない身体が激しく疼き出す。

己の先端でひっきりなしに弾けているのは、抗いようのない快感だ。

「あぁ……」

鈴口ばかりか、蜜に濡れた指先で裏筋をなぞられ、遼河は快感の嵐に飲み込まれていく。

「そなたのここは綺麗な色をしている」

そうつぶやいた聖弦皇帝が、胸の突起に唇を寄せてくる。

「ひぇ……」

一瞬で凝った乳首を舐められ、きつく吸い上げられ、さらには己を力強く扱かれ、どうしようもない快感にあられもない声をあげて身悶えた。

「んんっ……や……ひっ……」

彼が舌先で硬く凝った乳首を突いてくる。

そこが痛痒《いたがゆ》く痺れたかと思うと、まるで共鳴したかのように己が熱く脈打った。

初めてなのに、なにをされても感じてしまう。

「もっとそなたの可愛い声が聞きたい」

耳に熱い吐息混じりの声を吹き込んできた彼が、胸から下腹へと唇を這わせていく。

それはいつか柔らかな繁みへと達し、ついには硬く張り詰めた己の先端を捕らえた。

「やっ……ダメ……そんなことを……あっ……あぁ……」

蜜に濡れた己を舐められて咄嗟に声をあげたけれど、舌先で鈴口を抉《えぐ》られたとたん甘ったる

い喘《あえ》ぎ声に変わってしまう。

「んん……くっ……ぁああ……」

きつく窄めた唇で己の根元から扱き上げられ、舌先でくびれを執拗に舐め回され、細い身体を震わせながら淫らに喘ぐ。

反らして露わになった白い喉元、投げ出している手の先までが小刻みに震えている。

「ひっ……ああっ……」

先端部分を口に含み、くびれを甘噛みされ、下腹のあたりから馴染みある感覚がにわかに湧き上がってきた。

このまま愛撫を続けられたら、聖弦皇帝の口に己の精を解き放ってしまう。

それだけは避けたいけれど、快感に打ち震える身体は指先ひとつ自由に動かせない。

「ダメ……もう……」

強烈な射精感に苛《さいな》まれ始めた遼河が必死に限界を訴えると、己を口に含んでいる彼が目線を上げてきた。

聞き入れてもらえたのだと安堵したのも束の間、彼が先端部分だけを咥《くわ》えたまま丹念に舌を使い始める。

「いっ……ああっ……あ、あぁ……んっ」

あまりにも強烈な快感に、声を抑えることができない。

いまにも達してしまいそうなのに、先端部分だけを弄ばれて吐精できない遼河は焦れる。

「もっ……あぁ……もう……」

痺れを切らし、我を忘れて腰を前後に揺らす。

これ以上、焦らされたら、気が触れてしまいそうなところまで追い込まれている。

「あぁっ……もっと……」

己を扱いてもらえないもどかしさに、無意識にねだって腰を大きく浮かせると、ようやく彼が付け根に向けて唇を滑らせてきた。

再びすっぽりと彼に咥えられた己が、悦びに熱く打ち震える。

待ち焦がれていた強い刺激に、全身が燃え盛っていく。

「んんっ」

快感に溺れている遼河は、目をきつく瞑《つむ》って頂点を目指す。

すべての意識が爆発寸前の己に向かっていく。

「……あっ……出ちゃう……」

拙《つたな》い動きながらも繰り返し腰を前後させると、彼は唇をそれに合わせてくれた。

いくらもせずに、下腹の奥で渦巻いていた奔流が勢いよく溢れ出す。

快感にのめり込んでいた遼河の身体が、ついに持っていかれた。

「くんっ」

あごを大きく反らし、欲望のすべてを解き放つ。

「はぁ、はぁ……」

吐精を終えて力なく項垂れ、細い肩を上下させる。

「んっ！」

達したばかりの己をきつく吸い上げられ、遼河はハッと我に返った。

（まず……）

恐れ多くも、皇帝の口内に吐精してしまったのだ。

血の気が引くほど驚愕する。

「なかなかの味わいだ」

身体を起こした彼が、無造作に手の甲で濡れた口元を拭う。

彼の口で達してしまった恥ずかしさから、遼河は真っ赤になった顔を背ける。

「恥じらうそなたも愛らしい」

片手をあごに添えてきた聖弦皇帝に、そっと顔を正面に戻された。

恥ずかしくて目を合わせることができない。

「こうしていれば恥ずかしさからも逃れられるだろう」

言葉の意味を理解しかねていた遼河を、彼がうつ伏せにしてくる。

そのまま衣の裾を大きく捲り上げられ、尻が露わになった。

「やっ……」

さすがに逃げようとしたけれど、すぐに腰を掴まれて動きを封じられてしまう。

「さあ、次はそなたとともに快楽を味わうぞ。少しおとなしくしていてくれ」

彼がそう言ったあと衣擦れの音が聞こえ、遼河はさりげなく振り返る。

膝立ちになった彼が、衣の前を腹の上まで捲り上げ、下履きから彼自身を取り出していた。

（えっ……まさか、あれを……）

この期に及んで恐れおののく。

聖弦皇帝のそれは、驚くほど立派だった。

悠々と天を仰ぐ彼自身を見て、恐れない者などいないだろう。

できることなら、またの機会にしてほしい。

少しは心の準備をする時間がほしい。

けれど、自分は気持ちいい思いをさせてもらったのに、そんなことを言えるわけがない。

「あっ……」

どうしようかと思っていたら、いきなり腰をグイッと持ち上げられてあたふたしてしまう。

「へ……陛下……」

「辛い思いはさせぬから案ずるな」

慰めにもならない言葉を口にしたかと思うと、たっぷりの唾液を落とした掌で天を仰ぐ彼自身の先端を包み込む。

「力を抜いていろ」

短く命じてきた彼が、唾液を纏わせた先端を秘孔にあてがってくる。

「ひっ……」

さすがに腰が引けたが、すぐに力強い手で引き戻された。

濡れた先端部分が、秘孔を圧迫してくる。

「ううっ……」

不快な異物感に顔をしかめた。

愛されるのは嬉しいし、彼に愛しさを感じている。

でも、逞しい彼自身で貫かれる恐怖は別物だ。

どうにか逃げられないだろうかと、いまさらながらに思いを巡らせる。

けれど、彼はそれを知ってか知らずか、掴んでいる腰をさらに引き寄せ、灼熱《しゃくねつ》の塊で貫いてきた。

「あぅ」

あまりにも突然のことに、遼河は思わず息を呑む。

灼熱の楔《くさび》を穿《うが》たれたそこからは、身体が真っ二つに引き裂かれるようなとてつもない痛みが走っている。

こんなにも強烈な痛みは、これまでに経験した覚えがない。

全身が一瞬にして冷たい汗に包まれ、我慢できない激痛にとめどなく涙が溢れてくる。

「辛いか？」

異変を感じたのか、聖弦皇帝の声はいつも以上に優しかった。

ここでうなずけば、彼はやめてくれるかもしれない。

すぐにでもうなずき返したかったけれど、遼河は思いとどまる。

彼に愛されることに喜びを感じているだけでなく、彼を愛しく思う気持ちが確かにある。

要するに相思相愛なのだから、身体を繋げ合うのは自然な行為だ。

初めての経験は辛いかもしれないけれど、後回しにしたからといってそれが軽減されるわけではない。

「大丈夫……です」

痛みを堪えつつ、小さく首を横に振ってみせる。

柔らかく微笑んだ彼が両の手で遼河の尻を固定し、大きく腰を使い始めた。

「ぅ……ううっ……」

怒張で最奥を突き上げられ、嗚咽をもらす。

感じているのは痛みだけだが、秘孔を貫いている彼は快楽を得ているようだ。

その証に、ただでさえ立派な彼自身が、どんどん力を漲らせてくる。

「はぁ……はぁ……」

痛みばかりか、内臓を押し上げられるような息苦しさに、とめどなく汗と涙が溢れた。

「そなたの中は温かい……」

感じ入ったような声をもらした聖弦皇帝が、さらに腰の動きを速めてくる。

「い……」

苦しさに顔をしかめたそのとき、片手を前に回してきた彼がすっかり萎えてしまっている遼河自身を握ってきた。

鈴口のあたりを擦られ、甘酸っぱい痺れが駆け抜けると同時に鳩尾《みぞおち》の奥が鈍く疼き、勝手に尻が揺らめき出す。

「は……あぁんっ……」

「よい声だ」

抽挿を続けながら、彼が鈴口を指先で責め立てる。

次第に己は力を取り戻し、彼の手の中で硬く張り詰めていく。

「ひっ……あぁぁ……んん………くっ」

激痛に涙していたのが嘘のようだ。

快感が弾ける己に、いつしか意識が向かっていた。

「はっ……あぁぁ……あっ、あ」

すっかりその気になった己が、二度目の吐精を求めて熱く脈打ち出す。

もう痛みのことなど忘れている。

早く吐精することしか、考えられなくなっていた。

「ともに達するか？」

答えを待つことなく、聖弦皇帝が力強く腰を突き上げてくる。

「あ……んっ」

何度も繰り返される突き上げに、遼河は呆気なく果ててしまう。

「くっ」

時を同じくして短く呻《うめ》いた聖弦皇帝が、腰をグイッと押しつけてきた。

遼河は己の奥に熱い迸《ほとばし》りをはっきりと感じる。

「はぁ、はぁ……」

荒い息をつきながら、寝具に突っ伏した。

もう微々たる力も残っていない。

疲れ果てているけれど、全身が心地よさで満たされている。

「リョウガ……」

繋がりをそっと解いた聖弦皇帝が寝台に横たわり、放心している遼河を背中越しに抱きしめてきた。

逞しい胸にすっぽりと抱かれ、なんとも言い難い幸せに包まれる。

「陛下……」

「なんだ？」

遼河を仰向けにして身体を重ねてきた彼が、熱っぽい瞳で顔を覗き込んできた。

幾度となく魅了されてきた瞳に、またしても魅入る。

「好きです」

生まれて初めての告白に、顔が真っ赤に染まった。

「リョウガ……」

破顔した彼が、唇を重ねてくる。

「んっ……」

これまで以上に情熱的なキスから、彼の嬉しさが伝わってきた。

聖弦皇帝に出会って人を愛する喜びを知った遼河は、なけなしの力を振り絞って彼の背に両の手を回し、いつまでも続く甘いキスに溺れていた。

第十章

聖弦皇帝の腕に抱かれたまま目覚めた遼河は、ぼんやりと天蓋を見つめている。

身も心も満たされたはずなのに、素直には喜べないのだ。

なにしろ、彼は星によって選ばれた皇后の代わりに、異世界から間違って召喚されたことを知らない。

黙っているわけにはいかないことは理解していても、いつどこで話をすればいいのか迷う。

「うん……」

聖弦皇帝が深い眠りから覚めたようだ。

「リョウガ……」

目が合うなり微笑んだ彼が、唇を重ねてくる。

どこまでも甘いキスに、遼河の迷いが薄れていく。

「はふっ……」

長いキスから解放されてひと息つくと、彼が身体を起こして高く積まれた枕に背を預けた。

彼に手招かれ、遼河は起き上がって身を委ねる。

「リョウガ、私の皇后となり、ともに皇子たちを育ててくれないか？」

「えっ？」

あまりにも唐突で思いがけない申し出に、遼河はぽかんと口を開けた。

それほどまでに自分のことを思ってくれている彼を、この先も騙し続けるのは辛い。

できることなら、彼にはもう隠し事はしたくない。

「陛下、星が告げた皇后のことなんですけど……」

「なぜそのことを、そなたが知っているのだ？」

聖弦皇帝は驚きを隠さず、険しい顔つきで問い詰めてきた。

「実は星が告げた皇后を召喚したとき、その皇后となる女の子と一緒にいた僕が間違って召喚されてしまったんです」

「ん？」

「要するに、僕は違う世界からこちらに来たんです」

相変わらず彼は解せない顔をしている。

そう簡単には理解してもらえないことは承知していたから、召喚されたところから余すことなく彼に話して聞かせることにした。

神妙な面持ちで耳を傾けていた彼も、遼河が北斗に騙されて〈黄龍城〉を抜け出したことに話が及ぶと怒りを露わにした。

「なんということだ。そなたを騙して娼妓にしようとしたというのか？　陽琳、出かけるぞ」

いきなり声を張り上げた聖弦皇帝が、遼河を残して寝台から下りる。

彼は振り返りもせず、寝所に置かれた剣を手に取ると、すたすたと出て行ってしまった。

「まさか……」

彼は北斗を始末するつもりではないだろうか。

不安が脳裏をかすめ、遼河はあたふたと身支度を調えて寝所をあとにする。

夜着のまま外に出た聖弦皇帝は、案の定、〈星流閣〉に向かっていた。

陽琳を従えてずんずんと大股で歩いていく彼を、遼河は必死で追いかける。

日が昇り始めていて、あたりが明るくなってきた。

そろそろ城内で働く女官や宦官たちが動き出すころだ。

剣を携え夜着で歩く皇帝を目にしたら、腰を抜かすほど驚くことだろう。

「北斗、扉を開けろ」

遠くから聖弦皇帝の怒鳴り声が聞こえてきた。

急がなければと、遼河は足を速める。

「あっ……」

ようやく〈星流閣〉に着いたときには、床にひれ伏す北斗を聖弦皇帝が仁王立ちで見下ろしていた。

烈火のごとく怒っている聖弦皇帝は、剣を握る手をわななと震わせている。

いまにも剣を北斗に突き立てそうだ。

「陛下、待ってください」

遼河は〈星流閣〉に駆け込んだ。

「なぜ止める？」

聖弦皇帝が険しい顔つきで振り返ってきた。

「彼を殺したら僕は元の世界に戻れなくなってしまう……」

「そなたは元の世界に戻りたいのか？　私のそばにいてくれるのではないのか？」

彼の表情がますます険しくなっていく。

ずいっと迫ってきた彼を、遼河は困惑も露わに見上げた。

聖弦皇帝、そして二人の皇子とこちらの世界で暮らせたら、楽しいに決まっている。

けれど、ずっと元の世界に戻らなくていいのかといった思いもあるのだ。

「僕は陛下と一緒にいたい……でも……」

自分でもどうしたらいいのかわからず、言葉半ばで唇を噛んでしまう。

迷いも露わな遼河を、真っ直ぐに見つめていた彼が、手にしている剣を床に放る。

床に落ちた剣が大きな音を立てた。

長く響いたその音には、聖弦皇帝の収まらない怒りが宿っているかのようだ。

「北斗を幽閉しておけ」

外で待機している陽琳に声高に命じた彼が、遼河の腰を抱き寄せてきた。

そうして〈星流閣〉を出た彼は、ひと言も発することなく歩き続ける。

怒りを鎮めようとしているのかもしれないが、寄り添っていても彼の胸の内を計り知ることができない遼河は、ただ黙って歩みを進めていた。

＊＊＊＊＊

聖弦皇帝に連れられ〈太平殿〉に戻った遼河は、寝台にもなりそうなほど大きい長椅子に並んで腰掛けている。

扇状に広がる背もたれには、見事な龍の彫刻が施され、両脇の肘置きには艶やかに磨かれた玉が飾られていた。

豪華で座り心地は満点だったけれど、幾つもの悩みを抱えることになってしまった遼河は、少しもくつろげないでいる。

夜着のまま座っている聖弦皇帝は、いまだ北斗に対する怒りが収まっていないようで、厳しい顔つきで黙り込んでいた。

(どうしたらいいんだろう……)

遼河は見るともなく煌びやかな部屋を見つめる。

北斗が命を落とせば、二度と元の世界に戻ることはできないだろう。

突如、大学の図書館から姿を消したのだから、向こうでは大騒ぎになっている可能性が高い。

家族や大学の友人たちが、心配して自分を探していると思うと辛い。

なにより、彼らともう会えないのは悲しい。

やはり、こちらに留まったままではいけないような気がする。

(でも……)

元の世界に戻ったら、聖弦皇帝や皇子たちと会えなくなってしまう。

あちらとこちらを都合よく行き来できるわけがなく、どちらかを選ばなければならない。

これほど頭を悩ませたことはない。

「はぁ……どうしよう……」

思わず声をもらしてしまった遼河を、聖弦皇帝が訝しげに見つめてくる。

「リョウガ、そなた……」

彼はなにか言いかけたのに口を噤んでしまった。

遼河が異世界から召喚されたと知り、彼も複雑な心中なのだろう。

北斗を生かしておいてくれた彼の優しさを思うと、なおさら遼河は心が大きく揺れる。

「陛下、陛下……」

互いに身を寄せ合ったまま黙り込んでいると、陽琳が珍しく大きな声をあげながら駆け込んできた。

「なにごとだ？」

陽琳の慌ただしさに、聖弦皇帝が眉根を寄せる。

「北斗さまが自害を……」

息せき切ってきた陽琳が、肩で大きく息をつく。

「陛下宛の書簡が遺されておりました」

「遺書か？」

陽琳が差し出した書簡を受け取った聖弦皇帝が、すぐさま広げて目を通していく。

彼の隣りにいる遼河はちらりと書簡を見やっただけで、視線を手元に落としてしまった。

あまりにも達筆すぎて、まったく判読できなかったのだ。

「はぁ……」

目を通し終えてため息をもらした聖弦皇帝が、広げた紙を折りたたんで陽琳に手渡す。

「北斗を先代の星読みと同じく〈星流閣〉の墓地に埋葬してやってくれ」

「御意」

恭しく一礼した陽琳が、先ほどとは打って変わって静々と部屋をあとにする。

聖弦皇帝が北斗に対してただならない怒りを抱いていたことを考えると、星読みの身分をそのままに埋葬させるというのが解せない。

いったい、北斗はなにを書き残して自ら命を絶ったのだろうか。

「そなたを間違って召喚してしまったこと、そして自らの過ちを隠すべく罠にはめたことを北斗はひどく後悔していたようで、丁寧な詫びの言葉が綴られていた」

「後悔の念に駆られて自害をしたのですか？」

「まあ、幽閉されて惨めに生涯を終えるより、潔く逝きたかったのかもしれないな」

そう言って聖弦皇帝が大きなため息をもらした。

彼が北斗を星読みとして埋葬することを許したのは、命と引き換えに真実を告げたからだろう。

「はぁ……」

小さく息を吐き出した遼河は、遠くを見つめる。

北斗に恨みがないといえば嘘になる。

間違って召喚されたうえに、女官として働かされ、さらには娼妓として売り飛ばされそうになった。

それこもこれも、北斗が己の過ちを隠そうとしたからだ。

とはいえ、命を絶った彼をこれから先も恨み続けるつもりはなかった。

「それと、そなたに伝えなければならないことも記されていた」

「僕に？」

首を傾げて聖弦皇帝を見返す。

「召喚された者は、元の世界に戻れないようだ」

「えっ？」

「召喚された時点で、元の世界ではその者の存在がなかったことになってしまうらしい」

「そ、そうか……僕はもうこっちで生きていくしかないのか……」

衝撃的な事実ではあったけれど、なぜか遼河はあまり悲観的な気持ちにはならなかった。

元の世界に、自分ははじめから存在していない。

両親も友人たちも、みな自分のことなど心配していないのだ。

気がかりだったことが解決されたら、なんだか、前向きに考えられるようになっていた。

「リョウガ、不謹慎であることは承知だが、私はこの結果を喜ばしく思っている」

「もちろん僕も嬉しいです」

「元の世界に戻れないのだぞ？」

聖弦皇帝が驚きに目を瞠る。

彼には予想外の答えだったのだろう。

もしかすると、元の世界に戻れないことを嘆き悲しんだり、元の世界に戻りたいと駄々を捏ねるのではと、そんなことを想像していたのかもしれない。

「もちろんさみしさもあります。でも元の世界に僕は存在していないんですから、こっちで生まれ育ったわけではないけど、富弦国の人間として生きていくしかないじゃないですか」

「ずいぶんと切り替えが早いのだな？」

彼が呆れ気味に笑う。

「戻れるのに戻れないんじゃなくて、戻れないっていうのが確定したなら、さっさと考えを切り替えた方がいいかと思って」

真っ直ぐに彼を見つめ、にこやかに同意を求めた。

異世界に召喚されて、ずっとひとりぼっちだったら、こんなふうに考えたりしない。

いまは聖弦皇帝という愛しい人がいるから、未来が明るく感じられるのだ。

「そうだな」

「陛下とずっと一緒にいてもいいですか？」

「もちろんだ」

満面に笑みを浮かべた彼に、グイッと腰を抱き寄せられる。

短いあいだに泣いたり笑ったりと忙しかったけれど、いまはとてもすっきりとした気分だ。

迷うことなく聖弦皇帝のそばにいられる。

それが一番、嬉しかった。

いろいろなことがありすぎて、すっかり疲れてしまった遼河は聖弦皇帝に身を預け、心地よい安堵感に浸っていた。

第十一章

北斗が自害をして数日後、〈星流閣〉の一室から、聖弦皇帝と皇子たちの母である前皇后に関する秘密の文書が発見された。

朝議を終えてから〈長秀宮〉を訪ねてきた聖弦皇帝が、その文書を読んでくれている。

彼は居間の長椅子に腰掛け、遼河は床に横座りして片腕を座面に預けていた。

その文書によると、前皇后は聖弦皇帝を出産後、二十年以上の時を経て懐妊したが、太医から双子を身ごもっていると伝えられた。

富弦国では双子は禁忌とされていて、無事に二人生まれたとしてもひとりは処分されてしまうため、前皇后はどうすべきか迷い、北斗に相談をした。

占った北斗はひとりは死産になると告げ、双子を身ごもったことは、皇后、太医、星読みだけが知る秘密として処理した。

しかし、実際には難産の末に双子が誕生してしまい、無理をした皇后は二人の皇子を産むと同時に命を落とした。

皇后の死を受けて太医は殉死し、出産前のやりとりを知る者は占いを誤った北斗のみとなり、その事実を前皇帝にすら伝えることなく隠し続けた。

双子の誕生と前皇后の死に衝撃を受けながらも、我が子を始末できるわけもなく、前皇帝は二人を年子の兄弟として育てることにしたというのだ。

「双子だったとは……」

親代わりとして弟たちと接してきた聖弦皇帝は驚愕の事実に言葉を失ったが、遼河は解せない思いで首を捻る。

「どうして陛下は双子だと知らなかったんですか？」

「当時、皇太子だった私は国境近くの領地に赴いていたのだ。父が急逝して都に戻ったのだが、年子だと言われて疑いもしなかった」

「そうだったんですね」

遼河はなるほどとうなずく。

領地を守るため都を出ていたあいだの出来事だったからこそ、前皇帝は実の息子すらあざむくことができたのだ。

国ごとの独自の慣習があるにしても、双子が禁忌とされ、ひとりを処分しなければいけないなんて恐ろしいことだ。

「そういえば、初めて皇子たちに会ったときに双子みたいって言ったら、心悦さんに咎められたんですけど、もしかして彼女は双子だって知ってるんでしょうか？」

「ああ、心悦なら知っていてもおかしくないな。二人とも心悦が育てたのだから、いくらなんでも隠すことはできないだろう」

「それで、皇子たちには包み隠さず話すつもりですか？」

年子の兄弟として育ってきたのに、いまさら双子だったと知らされれば、まだ幼い彼らは混乱するに決まっている。

皇帝として、兄として、彼が弟たちのことをどう考えているのか知りたかった。

「教えるつもりはない。話して聞かせるには、経緯があまりにも酷すぎるからな」

きっぱりとした口調で答えた彼を、安堵の笑みを浮かべて見返す。

「はぁ……それにしても、北斗はなんと罪深いことか……」

聖弦皇帝もさすがに堪えたのか、背もたれに寄りかかって天を仰いだ。

星読みなどいなければ、こうした悲劇は生まれなかった。

皇帝たちは古くから星読みを頼りにしてきたのだろうが、占いに傾倒しすぎるのも問題のように感じられる。

「陛下」

「なんだ？」

背もたれに寄りかかったまま、彼が見下ろしてきた。

「星読みはこれからも富弦国に必要なのでしょうか？」

「どういうことだ？」

「術を使える星読みってすごい人だと思いますけど、あくまでも占いですよね？　当たることもあれば当たらないこともある。それなのに、大国を治める皇帝が占いに絶対的信頼を寄せるのって、なんかおかしくありません？」

皇帝に意見するなど大それたことなのかもしれないけれど、この先もこちらの世界で暮らすのだから、真剣に考えるべきだと思えたのだ。

「確かに星読みにすべてを託すのは危険だということが、こたびの件で判明したからな。彼らは朝廷に関わりすぎたのかもしれない」

聖弦皇帝は嫌な顔ひとつすることなく、遼河の言葉に耳を傾けてくれた。

差し出がましいと怒られるかもしれないと、少しビクビクしていたから胸を撫で下ろす。

「星読みたちって特別な身分みたいですけど、彼らを辞めさせることって可能なんですか？」

「高齢の重臣たちはまず反対するだろうが、我が国の未来を考えれば辞めさせるべきだな」

そう簡単ではなさそうだが、彼は行動に移してくれるようだ。

遼河は政治に関わるつもりなどさらさらない。

ただ、皇帝である彼とともに、富弦国をよくしていきたいだけだ。

だからこそ、彼が自分の話をきちんと聞いてくれて、なおかつ行動しようとしてくれたのがとても嬉しかった。

「そうだ、弟子たちが何人もいるみたいだし、ただ辞めさせるのも可哀想だから、街の人たちを占える許可証を与えるのってどうですか？」

「許可証？」

「占い師として商売ができる資格みたいなものですよ。皇帝のお墨付きの占い師なら人も集まるだろうし、食べていくのに困らないと思いますよ」

名案かもしれないと自分でも思う遼河は、声を弾ませた。

古今を問わず占いは流行るものだ。

こちらの世界にも、きっと数多の占い師がいるだろう。

そうしたなか、皇帝から許可証を与えられた占い師なら、きっと商売も繁盛する。

北斗の弟子たちがどう受け止めるかは定かでないが、提案してみる価値はありそうだ。

「なかなか面白い発想だ」

「陛下とこうしていろいろ考えるのって楽しいですね」

「ならば皇后になって私を支えてくれないか？」

身を乗り出してきた彼に手を取られて立ち上がった遼河は、彼の膝にちょんと腰掛ける。

「皇后って、僕は男ですよ？　反対されるに決まってます」

いくらすべてを意のままにできる偉大な皇帝であっても、男を皇后の座に据えられるわけがない。

それに、皇后になどされたら、この先も妃の衣裳を纏う羽目になる。

女性用の衣裳は思いのほか楽で慣れてしまったけれど、もういい加減、男の格好で過ごしたいというのが本音だ。

「説得するだけだ」

「無理だと思いますけどね」

「そなたは皇后になりたくないのか？」

素っ気ない返事をしたせいか、彼が不機嫌そうに顔をしかめる。

「この衣裳で過ごすのはもう嫌だし、僕は陛下と一緒にいられれば、それだけですごく幸せなんです」

「まったく……」

真顔で言ってのけると、しかめ面が一瞬にして満面の笑みに変わった。

「では、男の姿で過ごしてかまわないから、皇后の地位だけを与えさせてくれ」

「地位もいらないですよ」

「いや、皇后の座を空けておきたくないのだ。名目だけでかまわないから、皇后の座を埋めたい」

「わかりました」

そこまで言うならと、遼河は了承した。

いつまでも皇后の座が埋まらないと、後宮で揉め事が起きるのかもしれない。

どちらにしろ、男の姿で暮らせるなら問題はなかった。

「あっ！　皇子たちに、僕のことをどう説明したらいいですかね？」

「陛下、間もなく謁見のお時間です」

大事な質問をしたところで、陽琳が割って入ってきた。

まだまだ話したいことがあるのだが、謁見は皇帝の重要な仕事であり、引き留めることはできない。

「皇子たちのことはあとで考えよう。今日はそのまま二人の相手をしてやってくれ」

そう言って握っている遼河の手にくちづけてきた彼が、おもむろに椅子から腰を上げる。

「はい」

軽くうなずいて立ち上がった逵河は、部屋を出て行く彼をその場で見送った。

富弦国の人間として生きていくと決めたけれど、まだまだ問題が噴出しそうなのだ。

皇后の座がずっと空いたままだと、後宮で席取り合戦が繰り広げられそうだ。

とはいえ、男が皇后に封じられたら、それはそれで大揉めになるような気がする。

ギンレイはある意味、命の恩人で感謝はしているけれど、才人のいまでさえ目の敵にされているのに、皇后になるとなったら毒を盛るくらいされるのではないだろうか。

「皇子たちになんて言えばいいんだろう……」

後宮のことよりも、聖栄と聖応にどう伝えるか、こちらのほうが重要な問題だ。

もうしばらくすると昼餉の時間で、皇子たちと顔を合わせることになる。

今日は聖弦皇帝に言われたとおり、才人の逵河として会うしかない。

「まだ子供だけど……」

幼いとはいえ、彼らは年齢以上にしっかりしている。

事実を知ったら、怒るかもしれない。

騙されていたことを、悲しむかもしれない。

「どうしよう……」

長椅子に腰掛けた遼河は、丸く収める方法はないだろうかと、ひとり考えに浸っていた。

第十二章

遼河の不安をよそに、聖弦皇帝は次々に難題を片づけていった。

北斗の弟子たちの中で、望む者には占い師の許可を与え、星読みたちが暮らしてきた〈星流閣〉は封鎖となった。

遼河を皇后の座に据えるために重臣たちと議論を重ねた彼は、いずれ聖栄に玉座を譲ると約束することで納得させた。

けれど、それで終わりではなく、なんと彼は後宮に大鉈《おおなた》を振るったのだ。

聖栄が皇位を継ぐことが決定した以上、聖弦皇帝は子供をもうける必要がない。

愛する遼河だけがそばにいればいいと、後宮そのものを解体してしまった。

前代未聞の話であり、重臣たちとおおいにもめたようだが、結局は実行に移した。

後宮にいた妃嬪とその女官たちに、尼寺に入るか実家に帰るかを選ばせ、ひとりも残さなかったのだ。

日々、彼から話を聞かされ、遼河は唖然とするばかりだったけれど、すべてが自分のためだと思うとやはり嬉しかった。

ただ、そのころは聖弦皇帝が婚儀を執り行うつもりでいることなど、まったく知るよしもなく、当日になってようやく教えられた遼河は、少しばかりご機嫌斜めだった。

「もう、花嫁衣装なんて……女性の格好をするのは本当にこれが最後ですからね」

絢爛豪華な花嫁衣装を纏わされ、真っ赤な紅が引かれた唇を子供のように尖らせる。

以前より少しだけ伸びた艶やかな黒髪を、女官たちがこの日のために手を尽くし、横に大きく広がるよう見事に結い上げてくれた。

まるで揚羽蝶が悠々と羽を広げているかのような形だ。

前髪は丸く膨らませてあり、黄金の髪飾りが挿してある。

とても繊細な金の飾りが施され、さらには小さな紅玉がちりばめられた髪飾りは、ちょっとした動きでシャラシャラと軽やかな音を立てた。

揚羽蝶の羽にも似た部分には、幾つもの細い棒状の髪飾りが挿してある。

これらもすべてが黄金で作られたものだ。

けれど、細工はそれぞれに異なっていて、小粒の真珠、無色透明な水晶などがあしらわれていた。

艶やかな黒髪に彩りを添える髪飾りは、複雑に重なるようにして挿してあり、それぞれの煌めきを引き立てている。

白粉《おしろい》を必要としないくらい色白の顔には、薄化粧が施されている。

目元には黒い線、愛らしい唇には真っ赤な紅、頬には薄桃色の紅が差してあった。

引きずるほど丈が長い上衣は、金に染めた絹糸のみで織った反物が使われ、裾から腰にかけ大輪の牡丹《ぼたん》の刺繍が施されている。

たっぷりと銀糸を使った刺繍には厚みがあり、光を受けて輝く牡丹がよりいっそう華やいで見えた。

腰に巻いた幅広の帯もまた、金糸で織られている。

帯の中央には富弦国の皇后のみが使うことを許される鳳凰の柄が、色とりどりの玉で象《かたど》られていた。

さらには紅玉がはめ込まれた黄金の首飾り、揃いの耳飾り、細い手首を彩る紫色の玉をくりぬいた腕輪など、これでもかというほどの品々で飾り立てられている。

贅のかぎりを尽くした花嫁衣装を纏った遼河は、愛らしくもあり、また美しかった。

「わかっている。婚儀のあいだだけ我慢してくれ」

聖弦皇帝は理解を示しつつも、花嫁に目を奪われたままだ。

「なんですか？」

「いや、愛らしいそなたの花嫁姿を見ることができて私は幸せだ」

「最後ですから、よーく目に焼きつけておいてください」

目尻を下げている彼に、遼河は憎まれ口を叩いて頬を膨らませる。

名ばかりの皇后だというから承諾したのに、まさかこんな派手派手しい花嫁衣装を着せられるとは思ってもいなかった。

聖弦皇帝も婚礼衣装を纏っているけれど、普段から艶やかな出で立ちなこともあって、いつもより少し豪華なくらいの感じだった。

「ああ、絵師を呼んでおくべきだったな」

「もう手遅れです」

「そなたは可愛い」

ツンと横を向いた遼河のあごに、聖弦皇帝がそっと手を添えてくる。

目を細めて顔を近づけてきた彼の唇を、慌てて指先で押さえた。

「紅がつくからダメです」

「陛下、遼河さま、お時間です」

遼河に咎められただけでなく、婚儀の始まりを知らされた彼は、しかたなさそうに笑う。

「わかった。さあ、愛しの花嫁」

「兄上ー、リョウガー」

聖弦皇帝と手を取り合ったそのとき、聞き慣れた声が響いてくる。

視線を移すと、盛装した聖栄と聖応が並んで走ってくるのが見えた。

「どうして皇子たちが？」

遼河は驚きに目を瞠る。

二人の皇子には、すでに遼河の正体について説明してあった。

多少の嘘を交える必要はあったけれど、しかたなく女官の振りをしていたのだと話して聞かせた。

もちろん、間違って異世界から召喚されたことは秘密のままにしている。

そして、聖弦皇帝と互いに思い合うようになり、結婚することになったが、これからは男として過ごすのだと伝えた。

最初は彼らも戸惑った様子だったけれど、嘘をつかれたことに怒ったり泣いたりすることなく、たとえ男であっても遼河は遼河だし、大好きなことに変わりないと言ってくれたのだ。

まだ彼らは幼いから、すべてを把握できなかったのかもしれない。

これから先のことを考えると、まったく不安がないわけでもない。

それでも、彼らに「大好き」と言ってもらえたことが嬉しく、仲よく過ごしていこうと遼河は心に誓ったのだ。

「内輪だけでの婚儀なので、せっかくだから呼んだのだ」

「そうだったんですね」

納得した遼河は、相変わらず弟思いの聖弦皇帝に微笑んでみせる。

「リョウガ……」

走ってきた皇子たちが、煌びやかな姿をした遼河をぽかんと見つめてくる。

花嫁衣装など目にするのは初めてなのだろう。

目を丸くしている二人の様子が、いつになく微笑ましい。

「すごーい、すごーい、なんて綺麗なんだろう」

「リョウガ、綺麗だね」

皇子たちから褒められ、まんざらでもない遼河は自然に頬が緩む。

「お二人も素敵ですよ」

「ホント？」

「ええ、とっても素敵です」

お返しに盛装姿を褒めると、彼らは照れくさそうに笑った。

こうした穏やかで楽しい時間を過ごせるのは、生涯で一度だけ。

愛する聖弦皇帝、そして愛らしい聖栄と聖応のそばにいられることを、遼河は心の底から嬉しく思った。

「どうぞこちらへ」

案内役の女官に声をかけられ、聖弦皇帝と手を取り合う。

「震えているな？」

「はい……」

どうしたと言いたげな彼を、遼河は苦笑いを浮かべて見返す。

急に、自分でも信じられないくらい緊張してきたのだ。

つい先ほどまで、聖弦皇帝に憎まれ口を叩いていたのが嘘のようだ。

手ばかりか、足下までおぼつかなくなっている。

これほどの緊張感を経験するのは初めてだ。

形だけの婚儀だというのに、いったいどうしたことだろう。

「大丈夫だ、私がついている」

安心させるように微笑んだ彼を、ひとしきり見つめる。

聖弦皇帝がそばにいてくれれば、なにも怖いことなどない。

手を握り合っていればそのうち震えも収まると、遼河は自らに言い聞かせる。

「さあ、いくぞ」

改めて手を強く握り締めてきた彼が、ゆっくりとした足取りで歩き出す。

遼河は小さく息を吐き出し、そして彼に歩みを揃える。

震えが収まるどころか、足を踏み出すごとに緊張が高まっていく。

内輪だけの形式的な婚儀とはいえ、これから〈太真殿《たいしんでん》〉で神聖な儀式が行われるのだ。

「ふぅ……」

緊張から解き放たれたい一心で、聖弦皇帝に聞こえないほど小さな吐息を幾度ももらす。

歩みに合わせて揺れる髪飾りが、シャラン、シャランと軽やかな音を立てる。

「陛下……」

遼河の小さな声に、聖弦皇帝が立ち止まり、柔らかな視線を向けてきた。

「ずっと陛下のそばにいさせてください」

「そなたは生涯の伴侶だ、ともに添い遂げよう」

凛々しい顔を綻ばせた聖弦皇帝が、よりきつく手を握ってくる。

絡め合う指に伝わってくるのは、計り知れないほどの強さと優しさ。

彼とともに生きられる喜びを、遼河は満面の笑みを浮かべて噛みしめる。

婚儀が執り行われる〈太真殿〉から、楽師たちが奏でる調べが風に乗って聞こえてくる。

聖弦皇帝としっかりと手を取り合った遼河は、厳かな気持ちでまた静かに歩き始めた。

正面に見える〈太真殿〉へと続く長い渡り廊下には、真っ赤な敷物が敷かれている。

ゆったりとした足取りで歩む聖弦皇帝と遼河のあとを、二人の皇子が追ってきた。

聖栄が聖弦皇帝の横に並び、聖応は遼河の横に並ぶ。

本来、彼らは婚儀の参列者であり、先に〈太真殿〉に行って新郎新婦を待つべきなのだが、どうやらそばにいたいようだ。

幼い弟たちの勝手な真似を聖弦皇帝は咎めないばかりか、穏やかに微笑んでいた。

隣りに並んだ聖応に当たり前のように手を繋がれ、最初は遼河も驚いたけれど、可愛らしい笑顔を目にして緊張が少し和らいだ。

そのまま四人で〈太真殿〉まで進み、開け放たれた扉の前でいったん足を止める。

「そなたたちは先に入れ」

聖弦皇帝が小声で促すと、二人の皇子はこくんとうなずいて〈太真殿〉に入った。

遼河は再び緊張感に襲われる。

「ふぅ……」

小さく息を吐き出したところで、聖弦皇帝がキュッと手を強く握ってきた。

それを合図に、手を取り合ったまま〈太真殿〉に足を踏み入れる。

真正面に黄金の装飾をふんだんに施した、それはそれは煌びやかな祭壇が設えられていた。

線香が焚かれた祭壇には、数々の供え物と、酒が置かれている。

聖弦皇帝と遼河は祭壇の前に跪き、婚姻の女神である女媧《じょか》に誓いを立て、互いの髪を少量だけ切り取って赤い紐で縛った。

「陛下……」

遼河の瞳から大粒の涙が溢れ出す。

とうに身も心も結ばれていて、婚儀は形式的なものに過ぎないと思っていた。

仰々しい花嫁衣装を彼が用意していたことを知り、あきれ果てたくらいだった。

それなのに、祭壇の前に彼とともに跪いたときから胸が熱くなり始め、互いの髪を縛った赤い紐を目にした瞬間、感極まってしまったのだ。

「陛下……」

涙を必死に堪えようとするが、とめどなく溢れてくる。

「リョウガ……」

彼から優しくて熱い眼差しを向けられ、遼河は涙に滲む瞳で見つめ返した。

花嫁衣装を纏うのは恥ずかしかったけれど、いまでは彼に感謝している。

聖弦皇帝と生涯の伴侶となることを改めて祭壇の前で誓った遼河は、かつて味わったことがない幸福感に包まれていた。

＊＊＊＊＊

婚儀を終えて聖弦皇帝と〈太平殿〉へと戻り、互いに婚礼衣装から夜着へと着替え、寝所へと移った。

初めて身体を繋げ合ったのはだいぶ前のことだが、寝所で二人きりなると相変わらず羞恥に襲われる。

「疲れたか？」

黙りこくっていた遼河は、聖弦皇帝に問われて小さく首を横に振った。

婚儀を終えた感想など話したいことがいろいろあるのに、向けられる熱い眼差しが気恥ずかしくて言葉を紡げない。

「それはなによりだ」

安堵の笑みを浮かべた彼が、唇を重ねてくる。

「んんっ……」

抗うことなく唇を受け止め、そっと彼の背に両の手を回す。

薄い夜着越しに伝わってくる温もりが、いつになく心地よく感じられる。

「……っ」

より深く唇を重ねてきた聖弦皇帝が、歯列を割って舌先を忍ばせてくる。

搦め捕られた舌を強く吸い上げられ、身体の奥深いところが疼く。

唇を重ね合ったまま、彼が重ねた襟のあいだに片手を滑り込ませてきた。

「ぅうん……」

大きな掌で胸を撫でまわされ、こそばゆさに思わず身を捩る。

「ふ……ぅ……」

舌先で口内を丹念にまさぐられ、搦め捕った舌を何度もきつく吸い上げられ、なだらかな胸を撫で回され、身体から次第に力が抜けていく。

「ふっ……んん……」

熱烈なキスに酔いしれ、唇の端から甘い吐息がもれる。

力なく寝具に投げ出している細い手や脚が震えた。

「遼河、愛するそなたを思う存分、楽しませたい」

そう言うなり、聖弦皇帝が唇から首筋へと舌を這わせ始める。

「やっ」

胸に顔を埋めてきた彼に乳首を舐められ、そこから甘酸っぱい痺れが駆け抜けていく。

「ああっ……」

彼が硬く凝った小さな粒を口に含み、舌先で先端を突いてくる。

じんわりと広がっていくぞわぞわとした感覚に、遼河は妖しく身をくねらせた。

「やっ……陛下……」

乳首でとめどなく弾ける快感に、全身がさざ波立つ。

熱のこもったキスと丹念な愛撫に、どんどん昂揚《こうよう》していく。

「んんっ」

過敏になっている乳首を甘噛みされ、走り抜けていった小さな痛みに肩を窄める。

「痛かったか？」

ふと顔を上げた聖弦皇帝から訊ねられ、遼河はこくりとうなずき返す。

「すまなかった、つい……」

苦笑いを浮かべた彼が上半身だけを起こし、遼河が纏う夜着の帯を解き始める。

さらには夜着を脱がされ、瞬く間に生まれたままの姿にされた。

裸になるのは初めてではないけれど、やはり恥ずかしいものだ。

遼河は羞恥から逃れるため、キュッと目を瞑る。

「そなたの肌は上等な絹よりもよほど手触りがいい」

露わな脚に触れてきた彼が、内腿を柔らかに撫でてきた。

つけ根に向かって滑ってきた指先が、ときおり柔らかな繁みや双玉を収めた袋に触れる。

いたずらに触れる指先がもどかしく、遼河の下腹がヒクン、ヒクンと波打った。

「陛下……」

「なんだ？」

腿のつけ根で手を止めた聖弦皇帝が、目元を和らげて見下ろしてくる。

遼河は困惑も露わな顔でひとしきり見つめ、そして、すっと目を逸らす。

ほんの少しの愛撫で、己はもう熱を帯び始めている。

熱くなっているそこに早く触れてほしくてたまらないけれど、望みを口にするのはとても恥ずかしくてできなかった。

「そなたの考えていることなどお見通しだ」

意味ありげに唇の端を引き上げた彼が、頭をもたげ始めた己に触れてくる。

「ひっ……」

「ここを擦って欲しいんだろう?」

己の裏筋を指先でツイッと撫でられ、腰が大きく跳ね上がった。

「さあ、可愛い声を聞かせてくれ」

耳元で甘く囁いた彼が、己をやんわりと扱いてくる。

裏筋を擦られ、くびれを撫でられ、鈴口を抉られ、あっという間に己が硬く張り詰めた。

「ああっ……やっ……んん、ぁ……」

「いい声だ」

彼がまるでこちらの反応を楽しんでいるかのように、蜜が溢れてきた鈴口を弄ってくる。

熱い疼きと甘い痺れが交互に押し寄せ、投げ出している手脚の先まで快感に打ち震えた。

「うん……んん……っ」

蜜に濡れた先端を撫でられるのが気持ちよくてたまらず、遼河はひっきりなしに喘ぐ。

こんなふうによがってしまう自分が恥ずかしく、彼にしがみついて広い胸に顔を埋めた。

「そなたは本当に可愛い」

嬉しそうな声をもらした聖弦皇帝が、優しく片手で抱き締めてくれる。

けれど、安堵する間などなかった。

「あぁ……やっ……」

力を漲らせた己を、彼がまた手早く扱き始めたのだ。

絶え間なく湧き上がってくる快感に、全身がわななく。

いくらもせずに、馴染みのある感覚に囚われた。

「陛下……」

手の動きが止まらず、早くも切羽詰まった状況に陥った遼河は、埋めていた顔を起こして彼に救いを求める視線を向ける。

「もう達してしまいそうなのか？」

顔を真っ赤にしてコクコクとうなずくと、彼はわかったというように笑った。

これで吐精できると思ったのに、彼は昇り詰めさせてくれるどころか、あろうことか達する寸前の己から手を離してしまう。

「少しの辛抱だ」

不安気に見上げる遼河に笑顔を向けた彼が、自らの帯を解いて夜着の前をはだけさせる。

逞しい彼自身が露わになり、思わず遼河は目を逸らした。

「さあ」

彼に腰を掴まれ、うつ伏せにさせられる。

さらには腰をグイッと持ち上げられた。

初めてのことではないけれど、彼に尻を突き出すのは恥ずかしくてたまらなかった。

「こら、逃げるな」

無意識に腰を引いてしまったようで、すぐさま彼に引き戻される。

「もっと楽しませてやりたかったのだが、どうにも辛抱がきかなくなってしまった」

耳に届いてきたのは、自虐を含んだような笑い声だった。

どうやら、彼も切羽詰まった状態にあるようだ。

「ひっ……」

秘孔に灼熱の楔の先端をあてがわれ、反射的に身を硬くする。

「力を抜いているんだぞ」

彼からあやすように優しく言われ、深く息を吐き出した。

突き立てられる瞬間の痛みからは、いまだ逃れられないでいる。

けれど、それをやり過ごしてしまえば、愛する彼と繋がり合えた悦びに溺れることができるのだ。

「挿《い》れるぞ」

短く言い放った彼が、一気に貫いてくる。

「くっ……」

遼河は唇を噛みしめ、頭を大きく仰け反らせた。

秘孔に感じているのは耐えがたい強烈な痛みだが、そんなものはすぐに忘れると自らに言い聞かせる。

こちらを気遣うように少し間を置いた聖弦皇帝が、ゆっくりと腰を前後に動かし始めた。

同時に爆発寸前だった己を握り取られ、手早く扱かれ、痛みと快感がない交ぜになる。

「あぁ……」

次第に快感が優勢となり、もれる声音が甘ったるいものに変わっていった。

「ふ……んんっ……ぁ」

淫らに喘ぎながら、遼河は無心で快感を貪る。

「やっ……あふ……んん……ぁあ」

幾度も最奥を突き上げられ、己を力強く扱かれ、腰の揺れが止まらない。

前後から湧き上がってくる快感に、全身が震え続けた。

どんどん射精感が強まってくる。

「陛下、陛下……」

「私もそろそろ達しそうだ。リョウガ、ともに……」

聖弦皇帝が腰の動きをにわかに速め、遼河も合わせて尻を揺らす。

(陛下と一緒に……)

ともに達する悦びはなにものにも代えがたい。

突き上げられるほどに身体の熱が高まり、下腹の奥で渦巻いていた奔流についには押し流された。

「あぁ……陛下……」

とてつもない快感が、怒濤のごとく押し寄せてくる。

「もっ……出ちゃう……」

しなやかな細い身体を妖しく揺らしながら、遼河は溜まっていた精をすべて解き放った。

「はぅ」

「くっ……うう」

追うようにして極まった声をもらした聖弦皇帝が、最後のひと突きとばかりに腰を打ちつけてくる。

昇り詰めた彼の迸りを内に感じながら、先に果てた遼河は力なく頽《くずお》れた。

「リョウガ……」

そっと繋がりを解いて隣りに横たわってきた彼に、両の腕で優しく抱き込まれる。

抜け殻のような身体を素直に預け、隅々まで広がっていく心地いい解放感に浸った。

「リョウガ、そなたが愛しくてたまらない」

しっとりと汗に濡れた首筋に、彼が唇を寄せてくる。

「んっ」

痕が残るほどに柔肌を強く吸い上げられ、遼河はキュッと肩を窄めた。

「リョウガ、そなたを誰よりも愛している。そなたと出会えてよかった」

熱い囁きを吹き込んできた彼に、耳たぶを甘噛みされる。

彼の言葉を聞き、一緒にいられる幸せに胸がいっぱいになった。

「愛しています、誰よりも……」

ひとしきり微笑む彼と見つめ合い、そして逞しい胸に顔を埋める。

思いは彼とまったく同じだ。

あの日、間違って召喚されてしまったのは、運命としかいいようがない。

異世界で皇帝と相思相愛になるなんて、いったい誰が想像できただろうか。

こちらに来てから、いろいろな経験をした。

嫌なこともあったし、逃げ出そうとしたこともあった。

けれど、いまは彼と出会えてよかったと断言できる。

愛する喜びと愛される幸せを知った遼河は、愛しくてたまらない聖弦皇帝の腕の中で深い眠りに落ちていた。

異世界の後宮暮らしは楽しいです!

聖弦皇帝との婚儀を終えて正式な皇后となった遼河は、新たに与えられた〈富楽宮《ふらくきゅう》〉で暮らすことになった。

夫婦になったけれど、朝から政務に追われる皇帝と一緒にいられる時間はかぎられているため、遼河が自由に過ごせる宮があったほうがよいだろうと彼が気を遣ってくれたのだ。

かつての〈長秀宮〉以上に豪華な〈富楽宮〉で、遼河はこれまでとは違って男性として過ごすことになった。

纏っているのは誂《あつら》えられたばかりの豪華な衣裳で、まとめ上げた黒髪に小さな黄金の冠をつけている。

「リョウガさま、茶をお持ちしました」

居間で書の練習に没頭していた遼河は、聞き覚えのある声にハッと顔を上げた。

「メイメイ！」

懐かしい顔を目にして、勢いよく椅子から立ち上がり、メイメイに駆け寄る。

彼女とはもうずいぶん会っていなかった。

どうして彼女が〈富楽宮〉にいるのだろうか。

そういえば、彼女には自分が男であることをまだ打ち明けていない。

懐かしい顔を目にして、いろいろな思いが脳裏を過る。

「本日よりリョウガさまにお仕えすることになりました」

軽く腰を落としたメイメイが、恭しく頭を下げた。

膳房にいたころに比べ、見違えるほど美しくなっている。

皇后付きの女官とあって衣裳も豪華になり、うっすらとながら化粧も施していた。

「メイメイ……」

懐かしさに涙が込み上げてくる。

手を取って再会を喜び合いたいところだが、彼女は茶碗を載せた盆を持っていてそうもいかない。

「リョウガ……男性だなんてまったく気がつかなかったから、びっくりしたわ」

盆を円卓に下ろしたメイメイが、改めて遼河を見つめてくる。

「ごめん、言えない事情があって……でも、どうしてメイメイがここに?」

「私にもわからないの……あっ、申し訳ありません……皇后陛下であるリョウガさまになんて失礼な……」

前と変わらない口調で話していたことに気づいたのか、彼女が恐縮したように肩を窄めた。

名ばかりの皇后とはいっても、皇帝の伴侶になったことに変わりなく、対等な関係とは言い難い。

とはいえ、誰よりも仲よくしていたメイメイとは、これまでどおり気兼ねなく言葉を交わしたかった。

「僕と二人だけのときは、言葉遣いなんて気にしなくてかまわないよ。それより、みんな元気にしているのかな？」

「ええ、元気よ。それより、リョウガが陛下と結婚するっていうだけでも驚きだったのに、男性だったって伝わってきたから、それはそれはみんなで大騒ぎだったのよ」

彼女は安堵の笑みを浮かべたかと思うと、一気に喋り出した。

話したいことが山ほどあるといった感じだ。

「そうかぁ……なんか、騙してたのが本当に申し訳なくて……」

「みんな喜んでいたし、リョウガの幸せを祈っているから気にしないで」

「ありがとう」

彼女があれこれ詮索してこないことに、遼河は救われた気分だった。

「陛下のおなーりー」

「えっ、やだ、どうしよう……」

宦官の声が突如、宮に響き渡り、メイメイがあたふたとする。

膳房で働いている女官は、皇帝と顔を合わせる機会などあるはずもないのだから、慌ててしまうのも理解できた。

「リョウガ、珍しい菓子を持ってきたぞ」

「珍しい菓子？」

「異国の客人からの献上品だ」

満面の笑みで歩み寄ってきた聖弦皇帝が、控えている陽琳をチラリと振り返る。

静々と進み出てきた陽琳が、手にしている木箱を円卓に置く。

「メイメイ、陛下にお茶を」

「メイメイ？　ああ、そなたがメイメイか」

円卓から遠く離れたところで深く項垂れていた彼女は、遼河に命じられてその場を立ち去ろうとしたけれど、なぜか聖弦皇帝が呼び止めた。

「は……はい……」

メイメイはどうしたらいいのかわからないようで、オロオロとするばかりだ。

「リョウガが最初に親しくなった女官と聞いている」

「そんな話をしましたっけ？」

覚えがない遼河は、小首を傾げる。

「酒を呑みながらだったので、そなたは忘れてしまったのではないか？」

「それを覚えていて、メイメイをここに？」

「ああ、そうだ。そなたのよき話し相手になるだろうと思ったのだ」

「ありがとうございます」

彼の粋な計らいに、素直に礼を言って頭を下げた。

些細なことでも覚えていてくれるだけでなく、気持ちをくみ取ってくれるのが嬉しい。

「すぐにお茶を淹れてまいります」

メイメイがそそくさと居間を出て行く。

声が上擦っているのは、ただならない緊張を感じていたからだろう。

これから聖弦皇帝とは、彼女もちょくちょく顔を合わせることになる。

少しずつ慣れていってくれるといいなと、遼河は思っていた。

「さあ、これを」

椅子に腰掛けた彼が木箱を開け、遼河に菓子を勧めてくる。

木箱の中には、丸くて薄い焼き菓子のようなものが入っていた。

「いただきます」

一枚、取り上げ、まずは少し齧《かじ》ってみる。

「あっ！　これ、クッキーだ」

食べた瞬間、子供の頃から慣れ親しんだ菓子と同じだとわかり、思わず弾んだ声をあげてしまった。

「クッキー？」

「僕がいた世界に同じものがあったんですよ」

「そうなのか」

聖弦皇帝が目を瞠る。

遼河は元の世界について、彼にいろいろと話して聞かせていた。

過去のことをある程度知っている遼河とは異なり、彼は他の世界のことなど知るよしもなく、驚いてばかりだった。

「異国ってどこですか？」

「波斯国《はしこく》だ」

「はしこくって確かペルシア……」

「知っているのか？」

記憶を辿った遼河のつぶやきに、彼がまたしても驚きの声をあげる。

「はい、大陸の遙か西ですよね」

「ああ、そのとおりだ」

目を瞠ったまま、彼が大きくうなずいた。

富弦国がどの時代なのか、どこに存在するのか、いまだにわからない。

けれど、ペルシアが西にあるのであれば、自分が知っている中国のどこかに富弦国があることは間違いないようだ。

「そうだ」

「どうした？」

弾んだ声をあげた遼河を、彼が訝しげに見返してくる。

「富弦国の地図ってありますか？　隣国とかが描かれているような地図があったら見てみたいんですけど。あと富弦国の歴史がわかるような書物とか……」

「それなら〈蔵書閣《ぞうしょかく》〉に行くといい。いつでも入れるように伝えておく」

「ありがとうございます」

さらに声を弾ませた遼河は、食べかけの焼き菓子を頬張った。

地図や歴史書によって富弦国を詳しく知ることができると思うと、嬉しくてたまらない。

「そなたにとっては、さして珍しい菓子ではなかったか……」

「確かに知っているお菓子ですけど、久しぶりに食べたのでとっても美味しいです」

「そなたが暮らした世界で食していたものを、私も味わってみたいものだ」

「じゃあ、今度、陛下のためになにか作りますね」

「それは楽しみだ」

残念そうな顔をしていた聖弦皇帝も、遼河の提案に頬を緩めていた。

「茶をお持ちいたしました」

頬を引きつらせて茶を運んできたメイメイが、聖弦皇帝の前に茶碗を下ろす。

彼女が緊張のあまり卒倒してしまいそうに思え、遼河は木箱から菓子を一枚、取り上げた。

「メイメイ、これを」

「えっ？」

「甘くて美味しいから食べてみて」

「そんな……恐れ多くて……」

遼河が差し出した菓子を、彼女はとんでもないと辞退する。

彼女の顔がますます引きつっていく。

甘い菓子を食べれば落ち着くかなと思ったのだが、裏目に出てしまったようだ。

「ならば、向こうで食すといい。陽琳、少し包んで持たせてやってくれ」

「御意」

聖弦皇帝に命じられた陽琳が、懐から取り出した紙に菓子を載せて簡単に包み、メイメイに手渡す。

「あ……ありがとうございます」

上擦った声で礼を言ったメイメイが、丁寧に頭を下げてその場をあとにする。

本人は静々と歩いているつもりのようだが、早く皇帝の目の届かない場所に戻りたいのか、かなり急ぎ足になっていた。

初日だからしかたないとはいえ、慣れるまでにはかなりの時間がかかりそうな気がした。

「リョウガ」

「はい」

メイメイを目で追っていた遼河は、呼びかけてきた聖弦皇帝に視線を戻す。

「こちらの宮で不自由はないか？」

「とっても快適です。それに、これからはメイメイが一緒にいてくれるので、陛下がいないときも退屈しないですみそうです」

「それはなによりだ」

元気な声で答えると、彼が嬉しそうに大きくうなずいた。

「美味しい」

「そなたはいつも食欲旺盛だな」

立て続けに菓子を頬張る遼河を見て、彼が呆れ気味に笑う。

「陛下は食べないんですか？」

「甘いものはさほど」

軽く肩をすくめた彼が、茶碗を手に取り茶を啜る。

菓子はまだまだたくさん残っているから、ひとりでは食べ切れそうにないし、メイメイに手伝ってもらっても余りそうだ。

「じゃあ、皇子たちに分けてあげてもいいですか？」

「そうしてくれ。きっと喜ぶだろう」

「はい」

にこやかに返事をした遼河は、皇子たちの嬉しそうな顔を想像しながら新たな菓子をまた頬張る。

「それほど甘くないですから、味見くらいしてみませんか？」

「そうだな」

彼が素直に菓子を取り上げ、珍しそうに眺めてから口にした。

「なかなか美味なものだ」

「よかった」

遼河はふっと頬を緩め、新たな菓子を手に取る。

異世界では予期せぬことばかり起こるけれど、そのひとつひとつが楽しい。

早く〈蔵書閣〉に行って、富弦国の地図や書物に触れたい。

それらには、いったいなにが描かれているのだろうか。

聖弦皇帝と見つめ合いながら菓子を食べる遼河は、かつてないほどの期待に胸を膨らませていた。

あとがき

みなさまこんにちは、伊郷《いごう》ルウです。

このたびは『異世界の後宮に間違って召喚されたけど、なぜか溺愛されてます！』をお手に取ってくださり、まことにありがとうございます。

久しぶりの新作は、異世界が舞台の中華ファンタジーです。

美味しそうな料理が登場するシーンをもっと書きたかったので、ちょっと心残りではありますが、メインは恋愛ですからしかたない……。聖弦皇帝と遼河のラブラブなシーンを楽しんでいただければ幸いです。


最後になりましたが、麗しいイラストの数々を描いてくださいました明神翼《みょうじんつばさ》先生には、心よりの御礼を申し上げます。素敵な聖弦皇帝、可愛い遼河、そしてやんちゃな皇子たちをありがとうございました。

二〇二三年　初夏

伊郷ルウ

Cocktail Kiss Label
カクテルキス文庫
好評発売中！！

傲慢王子 × 麗しの茶道宗家次男の恋
美しい花嫁を迎えられて、世界中の誰より幸せだ

熱砂の王子と白無垢の花嫁

伊郷ルウ：著
えとう綺羅：画

悠久の歴史を持つ茶道不知火流宗家の次男・七海は英国に来ていた。外国人の恋人と結婚すると言ってきかない兄・海堂を説得する為に。だが、海堂の恋人・サーミアは砂漠の国の王女と知り大混乱!!　更にその兄・第三王子のサーリムから一目惚れされ、砂漠の国の宮殿に連れ去られ⁉　抵抗すると、地下牢に閉じ込められ、媚薬で蕩けるほどの快楽を埋め込まれる。もう離さない、と白無垢に包まれ愛される七海に、逆らう事は許されなくて……。灼熱のラブロマンス。

定価：本体 685 円＋税

ゴーイン皇子 × 御曹司の豪華ラブ
愛しき我が花嫁、生涯愛することを誓う

花嫁は豪華客船で熱砂の国へ

伊郷ルウ：著
水綺鏡夜：画

大手石油企業の御曹司である優真は、サイヤード王国の妃となる姉の結婚パーティで、第二皇子のマラークと出逢う。強引であり紳士でもある不思議な魅力をもつ彼と、豪華客船で過ごす一時は二人の距離を縮める…しかし突然濃密なキスをされ、優真は混乱してしまう。激しく求めるマラークに気持ちの整理ができないまま眠らされ、四肢を拘束され⁉ 媚薬を垂らされた躯は怯えながらも熱く疼き、悦楽に苛まれる。それは甘美な軟禁のはじまりで⁉

定価：本体 685 円＋税

Cocktail Kiss Label

カクテルキス文庫

好評発売中！！

白狼×画家の卵。赤子が結ぶつがいラブ♥
イケメン狼とつがいになって夫婦生活!?

赤ちゃん狼が縁結び

伊郷ルウ：著
小路龍流：画

別荘地で挿絵の仕事をして暮らす千登星は、裏山で白い子犬を拾う。翌朝カッコイイ男性が飼い主だと訪ねてくるが突然倒れ、その身体には獣の耳とふさふさ尻尾が生えていた!?　心配した千登星は狼の生き残りというタイガとフウガの白狼親子と暮らすことに。衰弱した力を戻すには精子が必要っ!?　恥ずかしいけど自慰でムダにするより役立つなら、と承諾するも、童貞の千登星は扱かれる快感に悶え、その色香に酔ったタイガは熱塊を秘孔に挿入♥　まるで新婚蜜月生活が始まってしまい!?

定価：本体685円＋税

そなたが愛しくてたまらない

天狐は花嫁を愛でる

伊郷ルウ：著
明神　翼：画

イラストレーターで独り暮らしの裕夢の前に突然現れたのは、端整な顔立ちの、更に三角の獣の耳とふさふさの長い尻尾のある狐の神様・陽月だった!!　裕夢の二十歳の誕生日に姿を現した陽月は、裕夢が五歳のころに出会い、結婚を約束したといい、裕夢を花嫁として連れて行くと言いだした。裕夢が抵抗すると、家に居座られ波乱の同棲生活が始まって!?　夜、添い寝され、腕に抱かれ尻尾で頬を撫でられると、甘い痺れが隅々まで広がり抵抗できなくて……。ふわきゅんラブ書き下ろし♥

定価：本体639円＋税

カクテルキス文庫

Cocktail Kiss Label

好評発売中！！

◆葵居ゆゆ
青の王と花ひらくオメガ　笹原亜美 画　本体７５５円＋税

キャラメル味の恋と幸せ　古澤エノ 画　本体７６０円＋税

◆伊郷ルウ
天狐は花嫁を愛でる　明神 翼 画　本体６３９円＋税
赤ちゃん狼が縁結び　小路龍流 画　本体６８５円＋税
異世界で癒やしの神さまと熱愛　えとう綺羅 画　本体６８５円＋税
熱砂の王子と白無垢の花嫁　えとう綺羅 画　本体６８５円＋税
花嫁は豪華客船で熱砂の国へ　水綺鏡夜 画　本体６８５円＋税
八咫鴉さまと幸せ子育て暮らし　すがはら竜 画　本体７５５円＋税
虎の王様から求婚されました　古澤エノ 画　本体７５５円＋税
お稲荷さまはナイショの恋人　すがはら竜 画　本体７６０円＋税

◆上原ありあ
囚われた砂の天使　有馬かつみ 画　本体６３９円＋税

◆海野幸
ウサ耳オメガは素直になれない　小椋ムク 画　本体７５５円＋税

◆えすみ梨奈
天才ヴァイオリニストに見初められちゃいましたっ！　立石 涼 画　本体６８５円＋税

◆栗城 偲
嘘の欠片　一夜人見 画　本体７５５円＋税

◆高岡ミズミ
恋のためらい愛の罪　蓮川 愛 画　本体６３２円＋税
今宵、神様に嫁ぎます。～花嫁は強引に愛されて～　緒田涼歌 画　本体５７３円＋税
恋のしずくと愛の蜜　蓮川 愛 画　本体６３９円＋税
竜神様と僕とモモ～ほんわか子育て溺愛生活♥～　タカツキノボル 画　本体６３９円＋税
情熱のかけら　えとう綺羅 画　本体６８５円＋税
月と媚薬　立石 涼 画　本体６８５円＋税
溺れるまなざし　やすだしのぐ 画　本体６８５円＋税
オメガの純情～砂漠の王子と奇跡の子～　小山田あみ 画　本体７５５円＋税
不器用な唇　First love　金ひかる 画　本体７６０円＋税
不器用な唇　Sweet days　金ひかる 画　本体７６０円＋税

◆橘かおる
神獣の寵愛～白銀と漆黒の狼～　明神 翼 画　本体５７３円＋税
神獣の溺愛～狼たちのまどろみ～　明神 翼 画　本体６３０円＋税
黒竜の花嫁～異世界で王太子サマに寵愛されてます～　稲荷家房之介 画　本体６３９円＋税
神の花嫁　タカツキノボル 画　本体６４８円＋税
レッドカーペットの煌星　明神 翼 画　本体６８５円＋税
その唇に誓いの言葉を　実相寺紫子 画　本体６８５円＋税
神主サマはスパダリでした　タカツキノボル 画　本体６８５円＋税
黒竜の寵愛～異世界で王太子サマと新婚生活～　稲荷家房之介 画　本体６８５円＋税

神様のお嫁様　タカツキノボル 画　本体６８５円＋税
王宮騎士の溺愛　タカツキノボル 画　本体６８５円＋税
妖精王と麗しの花嫁　香坂あきほ 画　本体６８５円＋税
いつわりの甘い囁き　すがはら竜 画　本体７５５円＋税
ツンデレ猫は、オレ様社長に溺愛される　香坂あきほ 画　本体７５５円＋税

Cocktail Kiss Label

カクテルキス文庫をお買い上げいただきありがとうございます。
先生方へのファンレター、ご感想は
カクテルキス文庫編集部へお送りください。

〒102-0073　東京都千代田区九段北3-2-5 5F
株式会社Jパブリッシング　カクテルキス文庫編集部
「伊郷ルウ先生」係 ／「明神　翼先生」係

◆カクテルキス文庫HP◆ https://www.j-publishing.co.jp/cocktailkiss/

異世界の後宮に間違って召喚されたけど、なぜか溺愛されてます!

2022年6月30日　初版発行

著　者　伊郷ルウ
©Ruh Igou
発行人　藤居幸嗣
発行所　株式会社Jパブリッシング
〒102-0073　東京都千代田区九段北3-2-5 5F
TEL　03-3288-7907
FAX　03-3288-7880
印刷所　中央精版印刷株式会社

ISBN978-4-86669-504-4　Printed in JAPAN